NORASIRO
のらしろ
ILLUST.
ジョンディー
TOブックス
「ここは任せて先に行け！」
をしたい
死にたがりの
まぬ
2
JN114154

CONTENTS

イラスト：ジョンティー　デザイン：coil

ナオ・ブルース

本作の主人公。彼女を寝取られたことで自棄になり死ぬために軍に志願するも、なぜか異例の出世を果たすことになった。遅めの中二病も発症している。性格はよく言えば優しいが、優柔不断で真性のヘタレ。

メーリカ

ナオの副官。スタイル抜群の美人かつ姉御肌で部下からは絶大に信頼されている。スラムでも孤児という最下層から苦労の末コーストガードの就学隊員として就職し、現在に至る。

マリア

ナオの部下。とにかく明るい元気っ子で、すさまじいメカオタク。常に何かをいじり倒すような仕事をする意味でははた迷惑な存在だが、優秀でもあり憎めない部分も。

CHARACTER 人物紹介

ケイト

ナオの部下。フィジカル的には強く戦闘時には頼れるが、根は弱虫。まじめだがどこかズレており、たびたびポカをやらかす。スラム時代からメーリカの世話になり、今ではメーリカの一番の部下。それだけにメーリカにより迷惑がかかることも……

カスミ

ナオの部下。マリアの幼馴染。コンピューター関連にめっぽう強く、ほっとくとハッカーになりかねないマッドな一面も併せ持つ。

マリー・ゴールド・フォン・ダイヤモンド

ダイヤモンド王国の第三王女。活発で正義感が強い性格。国内の腐敗が蔓延している現状を憂いており、それを打破するための組織作りに勤しむ。宇宙海賊との戦いで異例の成果を上げたナオに注目している。

第四章　殿下の広域刑事警察機構設立準備室

プロローグ――ここまでの簡単な経緯

人生に絶望した俺は死ぬにも死にきれず、殉職を望んで軍に志願した。

しかし、巡り合わせが悪いのか、なぜか士官学校に放り込まれてめでたく宇宙軍の士官に……の筈だったが、ここでも神のいたずらか宇宙軍の窓際部署であるコーストガードに出向の憂き目を見る。

もとから出世などに興味はなかったのだが、殉職から遠くなるとがっかりしていたら、ここまでくるとトラブル体質かと文句の一つも出るが、これまた海賊討伐に連れていかれ、晴れて殉職になる……ならばハッピーエンド⁇　なのだが現実は優秀な部下に恵まれ大出世。

勲章をもらい、士官学校を出たばかりなのに、小さなおんぼろ航宙駆逐艦を任される羽目に。

しかし、これは宇宙軍上層部やコーストガード上層部からの計略で俺の失敗を望んでのことだった。

それでも、俺はというよりも俺の部下たちや士官学校当時からの友人の協力で、お偉いさんたちの思惑に反して計略をはねのけるが、若干やりすぎた感がある。

なんと預かる艦を魔改造してしまった。

あまりの魔改造ぶりに俺たち以外には人に見せるのも憚《はばか》るレベルなのだが、どうやって隠し通そうかと思案しているところに王宮からの呼び出しがあって、首都星にあるファーレン宇宙港に向かっていた。

ありえない待遇

五時間後に、航宙駆逐艦『シュンミン』は予定通りに惑星ダイヤモンドの管制圏内に入った。

「艦長代理、ダイヤモンド星の管制圏に入りました」

「すぐに管制官に連絡だ」

「了解しました」

そう言うと、カオリが無線を操作して惑星ダイヤモンドにある宙域管制局に連絡を入れる。

「こちら、KSS999航宙駆逐艦『シュンミン』、管制局、応答願います」

「こちら惑星ダイヤモンド管制局だ。あなた方『シュンミン』の件は上から聞いている。直ぐに航路を開くから、指示に従ってくれ」

「ありがとうございます」

無線の直後にデータが『シュンミン』に送られてきた。

「艦長代理、航路データが届きました。これより管制局の指示に従い、データによる自動運航に切り替えます」

王国では宇宙から惑星に入るときには、その星の管制局の指示により入港することになる。

前にドック入りした時には、航宙タグボートに乗った案内人に乗り込んでもらい、彼の指示でドックなどに入ったが、民間船などの運航では一々案内人を待ってはいない。

今のように惑星圏内管制局との通信で、自動運航用のデータを送ってもらい、宇宙船に搭載されている自動運航システムで、入港する宇宙港の管制圏内まで案内される。

そこからは、それぞれの宇宙港次第だが、ほとんどの場合、通信の指示で入港するのが普通だ。

俺らも、管制局から送られたデータを使ってファーレン宇宙港まで自動運航中だ。

まあ、それも三十分もすればファーレン宇宙港の管制圏内に入るので、そこの指示に従うだけだ。

「艦長代理、あと三分でファーレン宇宙港管制圏内です」

「了解した。最終入港処理を」

「了解しました」

「こちらファーレン宇宙港管制局だ。船名及び船体ナンバーの申告を」

俺らの正体なんか、それこそ先の自動運航で情報が勝手に送られているので知っている筈だが、ここは確認の意味もあり、無線でのやり取りがなされる。

まあ、この確認が生きる時はこの船がジャックされているような場合だけで、乗員に問題なく正常な状態ならば挨拶のようなものだ。

これも形式美として皆が受け入れている。

「こちら首都宙域警備隊所属、船体ナンバーKSS9999、航宙駆逐艦『シュンミン』です。王宮からの要請で、ファーレン宇宙港に入港を希望します」

「航宙駆逐艦『シュンミン』、あなた方の訪問は聞いております。こちらの指示に従って、ゲスト航路三番から入港願います」

「ゲスト航路三番了解しました」

ゲスト航路だと、それはおかしくないか。

ここファーレン宇宙港は軍のための専用宇宙港だ。

当然いくつかある進入ルートも軍に優先権があり、軍艦はより便利ですぐに入れるルートが設定されている。

コーストガードもここに母港を置いてはいるが、間借りといった格好なので、進入するルートも軍の邪魔にならないような遠回りをするルートが僅かに一つ与えられているだけだ。

あとは、軍属などの民間用に同様な回り道のようなルートが与えられている。

しかし、軍よりも優先権の有るルートが三つあり、これをここではゲスト航路と呼んでいる。

その専用航路は王族の使用する航宙クルーザーか、後は外国からの国賓等の来訪用に使用するためにある。

当然、入港に際して最優先で誘導されるので待たされることなく快適に入港できるルートなのだ。

『シュンミン』のクルーが先の無線で訝《いぶか》しがったのもそういった理由からだ。

ここにもコーストガードはいるんだし、その航路を使えば済むはずなのに分からないな。

「艦長代理、指示に従いゲスト航路に進みます」

すぐさまメーリカ姉さんの確認が入った。

「ニーナ、聞いた通りだ。指示通りに進んでくれ」

「艦長代理、ちょっとおかしなことになっていますね」

「メーリカ姉さんもそう思うか。まあ当たり前だよな。ゲスト航路なんか、まず軍の連中でも使わないだろうに。精々王宮の関係者くらいしか使わないと聞いたぞ。それ以外では他の国からの外交関係者かな」

「確かに今回は王宮からの指示が出ていますが、それにしても……」

「いくら王宮からの依頼だとしても、王室と同じ航路を使わせるなんてね、まさか駐機スペースも王室用なんか使わせないよ」

「それこそまさかだよ。どこか空きスペースに停めさせられるよ。そろそろ駐機スペースの指示がある筈だよな」

「ハイ、今通信が入ります」

「こちら王室管理局だ。宇宙港職員に代わり無線をしている。殿下の指示により、王室専用スペースの五番スポットに停めてください。着陸後にこちらから訪問しますので、すみませんがその場で待機を願います」

「了解しました。ご指示に従います」

無線機の前にいるカオリがすかさず返答をしているが、いよいよおかしくなってきた。

「艦長代理⁉」

「ニーナ、聞いた通りだ。指示に従って五番スポットに着陸だ」

「え、この指示通り進みますと軍の旗艦が止めてある駐機スポットのすぐ横を通りますが、大丈夫ですよね」

「大丈夫だろう。そのような指示なのだからな」

「もうすぐ、宇宙軍第一艦隊の旗艦『ホウオウ』の横を通ります」

「艦長代理！　見て、見てくださいよ！　あれ、『ホウオウ』ですよ。王国が誇る宇宙軍一番の船ですよ。こんな傍で見たのは初めてです。カッコ良いな」

戦艦フェチのカスミのテンションはまさにマックスだ。

俺もあの士官養成校に入ってから一度しか見ていない。

尤もその時に中を見学させてもらってはいるから、カスミが聞いたらさぞうらやましがるだろうな。

あの時には只々大きな船くらいにしか感じなったのだが、まあ一般人から見たらすごい事なのだろう。

他の学校の士官候補生でもそのようなことはされないとも聞いているし、そういう意味ではあの学校の生徒は恵まれていたのかな。

「まもなく着陸します」

「おい、ニーナ。よそ見していてもいいが、あの船にはぶつけるなよ」

「メーリカ姉さん。私はそんなドジはしません。それにここではほとんど自動操船中ですので、ぶつけようもありませんよ」

艦は無事に指定された王室専用の五番スポットに着いた。

しかし、こんなところまで来たことはないので、この後どうすればいいのか皆目見当がつかない。

そんな俺に、無線が入る。

「艦長代理。外にいる王宮職員から無線です」

「すぐにつないでくれ」

「我らは王宮警備部第五課のシーノメです。船長と話がしたい」

「シーノメ殿。あいにくこの艦には艦長はおりません。現在私が艦長代理として最高指揮権を頂いておりますから、お話を伺います」

「そうか、失礼した。この後、第三王女殿下がこの船を視察なされるので、その前に殿下の安全を確保したい」

「我らはどうすればよろしいでしょうか」

「悪いが私が連れている警備部員で、船内を点検させたい。許可願えるか」

きた～～～。

恐れていたことがこんなに早くやってきてしまった。

このやたらに場違いなほど贅沢な内装が見られてしまう。

どんな反応をされるか正直不安だ。

まあ、唯一の救いはコーストガードの連中でなく王宮の人たちだということだし、呆れることはあれ、いきなり怒られることはないだろう。

「分かりました、これからメインゲートを開けますので、そちらにどうぞ。ゲート前に出迎えを出しておきます」

「協力感謝する」

「聞いての通りだ、メーリカ姉さん。悪いが、下に行って彼らを出迎えてくれ」

「分かりましたが、私は何を」

「彼らのしたいように自由にさせてくれ。常にどんな場所でも案内ができるように彼らには人を付けてくれ」

「分かりました」

俺の無線の後に艦内にわずかだが衝撃が走る。

艦橋真下に有るメインゲートとなるエアロックエリアの外に搭乗用のチューブが接続された。

これがもう少し大きな船ならほとんど衝撃を感じることはないだろうが、まあこの艦は宇宙クルーザーよりやや大きめなくらいなので、衝撃を感じるのも当たり前だ。

前にマークに聞いたことがあるが、クルーザーを持っている金持ちにはこの衝撃を感じて初めて惑星についた実感が湧くというそうだ。

大型の船では感じられないのがちょっと物足りないと、学生時代に訓練航海から帰った時に言われたのを今思い出した。

そもそも、搭乗用にチューブなんか使うのはここくらいで、他の星では、少なくとも第三巡回戦隊では母港でも後部ハッチからの出入りであるので、チューブには縁のない話だ。

殿下の来艦

チューブの衝撃からほとんど時間を空けずにメーリカ姉さんが背広姿の人達を連れてきた。

メーリカ姉さんの後ろにいた、いかつい背広姿の男女五人が俺の前で整列をして、一番右端のこの中では多分一番年上だろうと思われる男性が敬礼後、俺に挨拶してきた。

「はじめてお目にかかります、ブルース中尉。私は王宮警備部第五課所属の主任、シーノメであります。本日は我々の要請を快くお聞きいただき感謝いたします」

「シーノメ主任。私がブルースです。現在この艦の艦長代理をしております。それで、私たちに何かご協力できますか」

「はい、できましたら私の部下に、ここから船内を査察させたいので」

「では、指揮権をお渡ししましょう」

「いえ、我々にはその資格はありません。査察する許可だけを頂きたいのです。また、船内を調べている部下たちに、ここから指示を出していきたいのですが、その許可も頂きたく……」

「分かりました。許可します。私もこの艦を改装したばかりですので、機材の操作に不安がありますから、私の部下を付けます。自由に使ってください。……カスミ曹長、ここに」

「ハイ、艦長代理」

俺に呼ばれたカスミが艦長席の傍に来る。

「ここから、シーノメ主任の指示に従って、艦内をセンサーで調べるように。シーノメ主任。この席をお使いください。私は後ろで控えておりますから。他の方も艦橋内を自由に使ってください。傍にいる隊員に何でも聞いてくださって結構です。ですが、皆新しいシステムですので慣れていないところはご了承くだされば幸いです」

「艦長代理。この船の整備については我々にも報告を頂いております。お気になさらずに。……では、艦長代理からの許可も出たので、手順に従って作業にかかってくれ」

シーノメ主任が連れて来た四人の背広組の男女は艦橋内に散らばって、近くにいた兵士を使ってコンソールパネル類を操作していく。

シーノメ主任たちが作業を始めてからものの五分と掛からないうちに、無線の前にいた女性が主任を叫びながら呼ぶ。

「主任！　ゲートに殿下がお見えになったようです」

「え？　打ち合わせと違うじゃないか。しかし、殿下を待たせるわけにはいかないな」

「シーノメ主任。私がお迎えに上がります」

「そうですか。では私も行きましょう。悪いが残りは作業を進めてくれ」

「「「ハイ」」」

俺と一緒に階下のエアロックエリアに向かう途中にシーノメ主任が声を掛けて来た。

「艦長代理、出迎え感謝します。それにしても綺麗な船ですね。まるで新造艦のようです」

「お褒めにあずかり恐縮です。幸いに、我らの使っていた民間のドックの社長が非常に協力的でしたので、また何より、解体中の船があの豪華客船の『ジュエリー・オブ・プリンセス号』でしたので、そこからかなりの部品を使わせてもらいましたから、内装のレベルはそれに近いものがあります」

「それでですか。一応その辺りも報告を聞いてはおりましたが、確かに豪華客船を無理なく小さくした感じですね」

「軍艦なのに、ちょっとという気持ちはあります。しかし、何分にも予算の関係上、再生部品を使わざるを得ませんでしたから、私たちには選択肢はありませんでした。まあ、部下たちのやりすぎも多少はありますが……アハハハ」

一応言い訳はしておくが、言い訳になったかどうかは疑問だ。

我々はすぐに階下のメインゲートとして使っているエアロックエリアに来た。

ここもあの豪華客船から部品を使ってホール風にしてある。

乗り込むときには、それどころじゃなかったので感じなかったが、改めて見ると明らかにやりすぎだ。

これでは何の艦《ふね》か分かったものじゃない。

金持ちの持つ豪華クルーザーと揶揄《やゆ》されても言い訳ができないレベルだ。

開いているゲートからかなりの数の王室警護隊と思われる一団が入ってきた。

彼らは俺らを気にすることなく周りを警戒してから合図を送る。

すると、これも王室警護隊に囲まれて女性がこちらに向かってくる。

確かに見覚えのある女性だ。

俺に勲章を渡してくれた第三王女殿下その人だ。

彼女はホールに入ると、思わず感想をこぼした。

「聞いていた以上に綺麗なお船ね。すごいわ、気に入ったわ」

王女殿下は本艦が気に入ったご様子だ。

コーストガードから王室に献上でもされるかな。

しかし、いくら綺麗だと言っても、使われている部品は皆中古品だから、献上するにしても何かと問題にされないか心配だ。

王女殿下が俺のほうに歩いてくるので、俺は最敬礼の姿勢で待った。

「殿下のご来艦、大変栄誉なことと感謝いたします。ホールでは何ですから、すぐに上の部屋にご案内いたします。上には粗末な部屋ですが、用意しております。まずはそちらでご休憩いただきたく……」

「殿下、大変申し訳ないのですが、まだこの船の保安点検が済んではおりません。誠に申し訳ありませんが、艦長代理の進言に従って頂けますよう、お願い申し上げます」

「大丈夫よ。私の方が我慢しきれずに来てしまったのは理解しておりますわ。艦長代理、案内してくださるかしら」

俺の胃が急にキリキリと痛みだす。

だいたい孤児だった俺に、何で声なんか掛けるんだよ。

せめて誰か本艦に艦長がいればそいつの役目なのに。

俺は、封印をしていた艦長室の隣にある部屋に殿下を案内した。

本艦で一番豪華な造りとなっているあの部屋だ。

俺は豪華な扉を開けて、殿下を中に通した。

まあ、俺が扉を開けると、誰よりも先に王室警護隊がなだれ込んで、中の様子を確認後、みんなで中に入ったのだが、どうにも絵にならない。

しかし、殿下はそんな様子を全く気にもせずに中に入っていった。

こんなことは日常茶飯事なのだろう。

とにかく国の要人である王族とは面倒な人種だと感じたが、ここは俺の知る限りの丁寧な対応を全力でするしかない。

ぎこちなくなるが、それもやむを得まい。

「殿下、中にどうぞ」

「まあ〜、凄い部屋ね。軍艦だからもっと武骨なイメージを持っていましたのよ。まるで、王室専用のクルーザーか、王国きっての豪華客船のスイートルームのようね。飾り付けがシンプルな分だ

けこちらの方が好感を持てますわね」

「お褒め頂き、ありがたく存じます。せっかく殿下にお褒め頂いたのですが、ここはその豪華客船のロイヤルスイートから部品を調達しましてサイズを合わせております。流石に調度品の類はありませんが、その船と同様な造りになるかと。しかし、全ては廃船となりました豪華客船からの流用ですので、正直申しますと、中古品で作られた部屋に殿下をお通ししてもいいものかと思っております。尤も、本艦の全てがその流用品で賄われておりますが……」

「艦長代理、お気になさらないで下さい。存じておりますわよ。私も、この船については報告を頂いておりますの。今日来た目的も、この船の出来栄えの確認と、艦長代理たちのスカウトですから」

「へ？　スカウト……ですか？」

「まあ、お話の前にお茶でも飲みましょうか」

「あの……殿下。誠に申し上げにくいのですが、本艦にはそういった類の品は……」

「ああ、そうでしたね。フェルマン。お願いできますか」

「ハイ、すぐにでも」

殿下に声を掛けられた初老に近い男性が、今度は俺の方に向き直り許可を求めてきた。

「艦長代理。ここのギャレーをお借りしても構いませんか」

「ギャレー⁇」

するといつのまにか俺の後ろにいたメーリカ姉さんがそっと教えてくれた。

「艦長代理。ギャレーとは、ここのキッチンですよ」

「おお、そうか。ありがとうな」

俺は小声でメーリカ姉さんに礼を言ってから、フェルマンさんに答えた。

「ええ、構いません。そこなら使えるようにはなっている筈です。もし使用できないようでしたら、隣にある私の部屋のをお使いください」

「では、お茶が来るまでゆっくりしましょうか。私が言うのも変な話ですが、座ってお話しませんか、艦長代理」

「あ、すみませんでした。是非、そこのソファーにでも座ってください」

「では、艦長代理もお座りくださいな。あ、そこの……確かメーリカ少尉でしたっけ。少尉もお座りください。これからお話しすることにはあなた方全員の話ですから、ぜひご一緒ください」

「ハイ、殿下。それではお言葉に甘えてご一緒させて頂きます」

スカウト

俺はメーリカ姉さんと一緒に殿下と向かい合わせに座った。

俺らが座ってから、殿下が話し始めた。

最初にこの船の外観についてお褒めの言葉を頂いた。

「この船のことは報告を頂いておりましたから、存じておりましたけど、外観については驚きましたのよ」

「外観ですか。ああ、コーストガードのシンボルカラーである赤と白で塗装しましたから、目立ったのでしょう」

「ええ、でも威圧する訳でもなく、それでいて、充分な存在感がある船に仕上がっているので、初めて見た時に、本当に綺麗な船だと思いました。でも、他の御船にはそんな塗装はされていませんね」

「ハイ、他のコーストガードの僚艦は軍からの払い下げをそのまま使っておりますから独自で塗装などはしておりません。軍からの塗装がそのままです。しかし、この船は違います。正直申しますとこの塗装は、塗装の下の外壁の色をごまかすためにしてあります。そのためにこの船だけこのようになりました」

「ああ、あのスカーレット合金で周りを覆っているためですか」

「良くご存じで。その通りです。なにせ、私も最初に見せられた時には驚きました。金一色でしたから。流石にこれではいろいろと問題が……」

「艦長代理の判断は適正だと思います。流石にそれではそのまま使い難いでしょう。そのための塗装ですが、この色合いとデザインですがセンスも良いですね。まさに王国の治安を守るシンボル的な色合いかと思います」

そんな感じで話をしているとギャレーから知らない女性が人数分のお茶を持ってきた。

どこにそんな高価な茶器があったんだよと言いたくなるくらい贅沢な茶器で人数分のお茶を持ってきた。

多分、殿下のお付きが事前に用意していたのだろう。

「紹介するわね。私付きの女官で、マーガレットというのよ。よろしくしてください」

「ブルース中尉、メーリカ少尉。マーガレットと申します。殿下のおそばにおりますからこれからは何かと接する機会もあると思われますので、よろしくお願いします」

「はあ、こちらこそよろしくお願いします」

「よろしくお願いします、マーガレットさん」

「お茶も用意できたことだし、飲みながら本題に入りましょうか。実は、今日私がここに来たのはあなた方をスカウトするためなんですのよ」

第三王女殿下がそう切り出してから、説明してくれた。

なんでも、かねてからあった話だが、王国内の治安を守るのに、各星系に分かれた警察本部では星系を跨《また》る犯罪を取り締まるのにいろいろと不都合があるのだとか。

特に海賊対策では首都宙域だけは別組織があるが、それ以外では軍が片手間で警備している状態だ。

そのために、主な取り締まりは各星系にある警察本部が情報を取りまとめてから軍への討伐依頼という格好になっている。

しかし、その情報の取りまとめというのが警察による捜査になるが、星系を跨ると全く機能していない。

現に先のカーポネ一味を取り逃がした件も今もってその行方が分からない状況になっているし、

首都宙域から逃げられてしまえば手も足も出ないのがこの国の現状だ。

軍が王国全体を漏れなく捜査してくれれば良いのだが、そんなことは当然できない。

軍本来の存在理由が国防であって捜査でないからだ。

しかも、捜査が王国全体となると、貴族領への介入にもなりかねないこともあって、なかなか議論も進んでいなかった。

しかし、ここに来て先の菱山一家の件で、王宮内では国全体での捜査体制の必要性が再認識されてきたのだ。

いきなり組織を立ち上げてとなるとそのリスクも計り知れないということもあって、事前に組織の有用性を調べるための調査をすることに成った。

そこで、名乗りを上げたのが第三王女殿下だという訳だ。

彼女は王位継承順位がかなり低く、そのために比較的自由になる身の上で、それでいて王室の権威を利用できる立場を生かして、各星系にあるいろんな機関に対して殿下からの要請という名目で、ほぼ無理やりに協力させることができる。

今すぐにでも、王女の持つ特権を積極的に使えば、王国全土をくまなく捜査できる立場にある。

その立場を利用することで、貴族連中に対してはそれほどのインパクトを与えることなく、調査部署を立ち上げることが可能なので、今日に至った。

たとえどんな大物貴族であっても王室からの要請は無視できない。

それがどんなに王位継承順位が低くても、内親王であっても要請があれば従わざるを得ない。

もし、要請を無視しようものなら陛下より謀反の嫌疑すら掛けられないとも限らない。

しかも、将来的には分からないが今度の場合は捜査対象が海賊に限られての話だ。

なので、非協力的では海賊との癒着も疑われてしまう危険性があるので、大物貴族であればあるほどより積極的に殿下に対して協力せざるを得ない訳だ。

「ですから、私を責任者として『広域刑事警察機構設立準備室』を立ち上げましたのよ。そこにあなた方を、お船ごとスカウトに来ました」

「そこに出向ですか」

メーリカ姉さんが思わずつぶやいていた。

「メーリカ少尉。できれば移籍してもらいたいのですが、なにせまだ準備室扱いなのです。絶対に必要な部署になるでしょうが、なにぶんにも貴族全体に必要性が認識されておりません。ですので、当分は出向扱いとさせていただきますが、決してあなた方には不利益の出ないように配慮します。他の方たちも同様ですからね」

「他の方たちって？」

「ああ、説明が足りていませんでしたね。先にも申しました通り、捜査及び逮捕するための組織ですので、捜査力がなければ話になりませんから、各星系から優秀な刑事の方たちにもお声を掛けております。また、王室直属の諜報機関からもエージェントを手配しておりますのよ。本当は軍や政府の諜報部辺りからも人を出してほしかったのだけれども、そちらの方はいろいろと紐《ひも》が付いてきそうなので、今は遠慮してもらいました」

「で、私たちに要求される役割についてですが……」

「あなた方には海賊逮捕時の実働部隊としても期待しておりますが、主なものとしては捜査のための移動手段として活躍されるかと思います」

「移動手段？」

これは、俺の描いた人生からどんどん離れて行く予感が。

机に座っての事務職ではないだろうが、それにしてもバスの運転手か。

俺は顔には出さなかったと思うが、落ち込んでいるとフェルマンという初老の男性が補足してきた。

「当分の間、各星系に対する捜査に関して、殿下から要請する形になりますが、これは殿下ご自身が赴かないと話が進みません。親書を使う手もありますが、どうしても親書を持つ者の身分により軽く扱われます。ですので、ブルース中尉には殿下を安全にかつ素早く運んでもらう仕事をお頼みしたいのです」

「私の持つクルーザーを使っても移動はできますが、どうしても警護を頼まないといけなく、その関係上、日程の調整が発生してしまいます。海賊相手の捜査でそんな悠長なことを言っていたのでは全く成果など出せる筈もなく、どうしても単独で移動する手段がほしかったのです。私の願いを受けては下さりませんでしょうか」

「命令があれば、如何様《いかよう》にでも。しかし、私の身分は軍からの出向扱いです。その辺りがどうなりますことやら」

「その辺りはフェルマンが如何様にでもできます。私はブルース中尉のお気持ちがお聞きしたいのです。王国の英雄に加わってもらえれば、とにかく懐疑的な貴族連中にもそれなりに説得力を持たせられます。ブルース中尉、私のお願いを聞いては下さりませんか」

流石に学校を卒業してからまだほとんど時間の経っていない俺でも分かる。孤児院出身の俺に殿下からのお願いを断れる筈がない。

そんなことは殿下ご自身も百も承知なのになぜか俺の答えを聞いてくる。

俺の答えは『イエス』一択なのだが、俺にどうしろというのだろうか。

唯一の救いは先ほどの話は、海賊逮捕の実働部隊としてもお使いくださるという。

もう、俺にはこれに賭けるしかないだろう。

そもそも、コーストガードに残っても、早々海賊とやり合える筈もない。

第三巡回戦隊なんて、仕事のほとんどが密輸船や、違法操業などの宇宙船の取り締まりだ。

前回が異常だったのだ。

本当に千載一遇のチャンスだった。

それなら、対象が完全に海賊になった組織にいた方が今後もチャンスがあるだろう。

尤も、そのチャンスは殿下を船に乗せていない時に限られるが。

そうなると先の整備の折にやたらに贅沢に内装をしてしまったことは、もしかしたらこういったことも考えにあったのかと疑いたくもなる偶然だ。

「分かりました。身分についてはお任せして、私自身は殿下のお話をお受けします。しかし、部下についてはどうなりますか」

「ですから、この船丸ごと頂きます。メーリカ少尉もそのようにお願いできますか」

「私としても艦長代理と一緒に仕事ができるのならどこでも構いません。それに何より命令があればそれに従うだけです」

「嬉しいわ、フェルマン。まだ、国民には知られてはいませんが、王国の英雄たちが加わってくださるのよ。もう、この組織の成功が約束されたものじゃないかしらね。すぐに手配して。くれぐれも、協力してくれる方たちの不利益にならないようにね。正式な組織ができるまでは皆さん出向扱いになるのだからね」

「畏《かしこ》まりました。直ちに手配をしてまいります」

「ありがとう、中尉。すぐに手配しますので、明日にでも私の部署に異動になると思います」

「明日ですか。えらく急な話ですね」

「普通なら難しいでしょうが、あなた方の扱いが、どうもコーストガードでもお困りのようで。ですから、あちらはすぐにでもあなた方を船ごと寄こすわよ。私としても、この船の性能が知れ渡る前に押さえておきたかったから」

「性能といっても、まだテスト中ですよ、殿下」

「でも、通常航行で王国最速を出したと聞いておりますのよ」

いったいどこから情報が洩れているのだ。

尤も秘密にはしていないことだが、それでも俺らに全く興味のないコーストガードの上層部とはえらい違いだ。

これほど評価されているのはメーリカ姉さんたちにとっても良いことだろう。

正直、俺自身でも経験のないことで、うれしくもあるがよく分からない感情だ。

出向の最短記録

やっぱり嬉しいのだろうか、人は他人から正当に評価されれば嬉しくなるものだ。

ましてや俺は、出自の関係で望んだ人生からどんどんかけ離れていくのに、ここに来て俺を、そのまま評価してもらえたのは正直嬉しい。

………

………

………

ちょっと待て、殿下の評価は先の海賊相手だったよな。

だとすると、間違った評価だ。

あの時の俺は伸びていただけだぞ。

それを思い出したら、うん、複雑な気持ちになってきた。

しかし、メーリカ姉さんたちは正当に評価されてもいい筈だ。

マリアやケイトも正当に評価されてお叱りを受けるといい。

そんなことを考えていると、この部屋の豪華な扉がノックされた。

殿下のお付きのマーガレットが扉を開けてシーノメ主任を中に入れた。

「殿下、大変お待たせしました。艦内の安全が確保できましたので、報告します」

「あら、ずいぶんと早かったのね。シーノメ主任、ご無理をさせてすみませんでした。では中尉」

「ハイ、殿下」

「艦内を案内してくださりますか」

「ハイ、では私が案内させて頂きます。メーリカ少尉。悪いが艦橋を頼む」

「了解しました、艦長代理」

俺にとってはとんだ罰ゲームとなったが、殿下付きの王室警護隊たちも連れて案内して回った。

艦内各部署の配置は、だいたい決めてはいたが、それでもきちんと決めた訳ではなく、各部署の責任者も決めていない。

何より就学初年生隊員の教育は始めたばかりで、兵士としては当然見劣りがする訳で、一々俺が言い訳していた。

殿下はそんな些末《さまつ》なことには一切興味を示さなかったが王室警護隊の中にははっきりと顔に出すものもいたくらいだった。

案内する俺自身も初めての場所も多く、正直俺の方が驚いている。

尤も顔には出さないようには注意しているが、なんでこんな隅々まで豪華に仕上げているんだよと、俺は心の中でマリアとあの社長に悪態をつきながらの査察となった。

小さな艦なので、それほど時間はかからなかった。

俺と一緒に殿下を先ほど案内した豪華な特別室に連れて戻ってきた。

「殿下、お疲れ様です。以上で艦内の案内は終わりです。何かご質問はありますでしょうか」

「いえ、中尉。でも隅々まで本当に綺麗に仕上げられたのですね」

「お恥ずかしい話で……」

「あら、決して皮肉で言ったのではないですよ。これなら、私が乗り込んでも、どこからも苦情は来ないでしょうね。多分、これ以上の船はこの国にはないでしょうから」

「内装だけでしたら、多分、この国の中で、軍艦としてはありえないくらい豪華な造りとなってしまっております。これを手掛けたドックの社長が申しますに、安全面でもこの国一番と自負しております。逃げ足の速さだけなら文句なく一番ですし、何より、先ほども話に出ましたスカーレット合金で覆われておりますから、奇襲があっても、逃げ切れるのではないでしょうか。そういう意味では社長の申す通り、一番安全にできているかと思います。しかし、それはその性能に見合う乗組員がいたならばの話です。あいにく私の部下はそのレベルにはありません。殿下をお連れして各星系に参るときには問題はないでしょうが、捜査に入る場合には、殿下の乗船はご遠慮願いたいと思っております」

「分かっております。私もそこまで無茶はしませんよ。ですが、今の話は中尉からの協力の快諾とお受けします。それでは私は一旦帰りますね」

その場で殿下との会談は終わった。

俺らは、ここでしばらくの足止めとなる。

フェルマンさんや、シーノメ主任の話では、この後は自由にしていていいそうだが、艦を空けるのだけは遠慮してほしそうだった。

交代で町に出るくらいは問題ないという話で、俺は順番に自由時間を与えて下船の許可を出しておいた。

俺らの宿泊先についても殿下付きの事務方から打診もあったが、船に部外者を近寄らせたくないということと、何よりこの船の内装が異常に快適で、これと同等かそれ以上の宿泊先はすぐには用意できないという話なので、外への宿泊は止めておいた。

まあ、それもそうだよな。

二等宙兵ですらあの豪華客船の二等客室とほぼ同様な部屋なのだから、以前に軟禁されたファーレン宇宙港に併設されている宿泊先などと比較すれば、佐官レベルで泊まれる部屋と同等か下手をするとそれ以上の部屋なのだ。

今考えても頭が痛くなる。

ちなみに艦長室に至っては、コーストガード旗艦よりも広さは当然控えめだが、圧倒的にこちらの方が贅沢だ。

この事実一つとってもバレたら大事になりかねない。

そういう意味では殿下からのお誘いの話は渡りに船だったのかもしれない。

後は、このまま平穏に移籍が終わって、絶対に他にはこの艦の状況が漏れなければ幸いなのだが、どうなることやら。

◇◇◇◇

翌日になって、殿下の話していたように、俺たちは早速コーストガードの本部より呼び出しを受けた。

しかし、先に殿下側からの話で、この艦を無人にだけはできないこともあり、悩んでいたら、朝からシーノメ主任が部下を連れてやってきた。

「艦長代理。殿下より命じられて、この船の警護に当たります」

「警護ですか？」

「はい、しかし我らは船に関しては素人であるので、殿下所有のクルーザー乗員から数名連れて来ております。予備動力だけの運転を任せて頂ければ、我らは入り口で警備いたします」

「分かりました。では、クルーザー乗員の乗船を許可します」

正直、この艦の現状は非常に微妙だ。

この艦は昨日殿下の言われた通りに本日付けで王室に寄贈されている。

まだ、俺の艦長代理としての権限が解除されていないので、艦長代理としての権限で許可を出したが、王室が所有権をタテにとって何か言ってきたら、どうなっただろうか。

法律的な話は俺には分からない。

しかし、シーノメ主任とは友好的に話が進んでいるので、問題なく俺らはそろって全員コーストガードの本部に出頭した。

例によって本部十一階のC会議室に通されて、今度は総監から直々に辞令を貰った。

尤も辞令を総監から貰ったのは俺とメーリカ姉さんだけで、後は人事部長からの発令だったが、メーリカ姉さん以下全員が王宮への出向扱いで、俺だけが、出向停止の命令だった。

何だ、これは⁇

俺が訝しがっていると、総務部長が教えてくれた。

「君の場合、我らに出向させる権限がないのだ。この後君だけは軍本部への出頭命令が出されているので、そちらに向かってくれ」

俺は総務部長の言葉で納得した。

確かにそうだ。

俺はここでは軍からの借りものなのだ。

出向者を更に出向させられる筈がない。

ましてや軍の天下りと揶揄されるくらいの場所なら当然で、総監たちからしたら、厄介者を軍に返せると安心していることだろう。

俺にしてもコーストガードに未練など全くないのだが、それにしてもこれほど面倒になるとは俺も思っていなかった。

これから行く軍の関係者に皮肉の一つも言われる覚悟はしておかないといけないな。

ここで、メーリカ姉さんにみんなを任せて、特にケイトやマリアを御せるのはメーリカ姉さんしかいないので、くれぐれもお願いしてから別れて、軍の本部に向かった。

わずか四ヶ月前のことだが、かなり昔なように感じる道を今度は逆方向に歩いていった。

宇宙軍本部はコーストガードの本部からすぐなので、あっという間に着いた。

受付で用件を伝えると、ここでも前に案内された部屋に通された。

軍のお偉いさんが出てきて、俺に辞令を渡してくる。

「君は最短記録を作ったようだ」

「最短記録ですか？」

何のことかと思ったら、コーストガードに出向されたものの軍への復帰までの時間だそうだ。

尤もコーストガードへの出向自体が左遷なので、よほどのことがない限り軍へは戻れない。

戻れるケースで一番多いのが派閥争いの結果によるものだ。

ほとんどの場合、派閥争いに敗れて出向に出されたものが、その後の派閥争いで情勢が急変したなどというケースで戻ることがあるが、そんな事情でもない限りそう簡単には戻れない。

前に俺に出向の辞令を渡したあいつはいい加減なことを言っていたということになる。

実戦でも経験させればすぐにでも戻すとか言っていたよな……あれ??

すぐに戻ってきたところを見るとあいつの言う通りになったけど……これって絶対に違うよな。

まあ、目の前の偉そうな人はもったいぶるように俺に辞令を渡してきた。

人事を所管する部署の少将だというから、やっぱり偉かった。

「ナオ・ブルース少尉、貴殿の出向を解き、かつ、先の功績により中尉に任ずる。また、王室からの要請により、王宮への出向を命じる」

？？？

俺って、戻れば准尉だった筈だが、あ、あの勲章のおかげで昇進したのか。

しかしそれでは今度の中尉への昇進て何？？？

「ほれ、何をしている」

「は、失礼しました。謹んで拝命します」

「しかし、お前もずいぶん数奇な運命を持っているよな。コーストガードへ出されたかと思ったら、今度はあの殿下の道楽に付き合わされるとはな。まあ、昇進したことだし、それで我慢するんだな」

え？

何この人。

思ったことを口にするタイプか。

そんなんで、何で人事なんか担当できるんだよ。

それよりも、そんな性格なのになぜ将官まで出世できたんだ。

実に不思議な人だ。

しかし、言い方はあれだが、嫌味がないんだよな、この人の言うことには。

しかも、俺への差別的な感情も感じないし、ましてや敵意も感じない。

俺なんか歯牙にも掛けないって感じか。

でも、そういうの俺は嫌いじゃないな。

「決して悪い子じゃないし、頭は良いんだがな。悪いが、もう少し殿下に付き合ってくれや」

あれ？

この人、第三王女殿下の知り合いかな。

言葉の端に愛情を感じるのだが、親戚なのかな。

となると、有力貴族か何かかな。

それなら頷ける話だ。

結局誰だか分からないうちに辞令を貰って俺は本部から出された。

再出向で艦長に

俺はその後、総務から渡されたメモを頼りに前に勲章をもらった高層の合同庁舎に向かった。

そこは王宮の近くで、先ほどいた官庁街からは少しばかり距離があった。

尤も距離があると言っても宇宙空間にいる訳でもないので、歩いても十分もあれば着いた。

庁舎に着くと、すぐに広々としたロビーで受付を探した。

すると後ろから声を掛けられた。

なんと前に殿下と一緒にいたフェルマンさんだ。

「艦長代理。お待ちしておりました。私が案内いたします」

フェルマンさんの後についてエレベーターホールから高層階に向かう。

最上階の見晴らしの良い場所に連れてこられたが、ここはワンフロア全体が閑散としている。

何だか、まだ内装工事中のような感じの場所だ。

「まだ、準備ができたわけではございませんが、ここが『広域刑事警察機構設立準備室』になります。ここにはあの『シュンミン』のグランドオフィスも入りますし、捜査員もここに詰める予定です。人員の方は予定の半数近くは確保できましたが、まだ皆さんの異動にもう少し時間がかかるようです。また、足りない人たちについても順次スカウトは続けております。奥に殿下の執務室は完成しておりますから、そちらに案内いたします」

そうフェルマンさんに言われながら奥にある執務室に通された。

「殿下。艦長代理をお連れしました」

「いらっしゃい、艦長代理。お待ちしていましたのよ」

「殿下。昨日頂いたお話通りに、本日付けでこちらに出向となりました。よろしくお願いします」

「これからは上司と部下の関係になりますわね。公式でもない限りもう少し砕けてくれてもよろしくてよ」

「………」

「ごめんなさいね。余計に固くなってしまったようね。仕事のお話をしましょうか。そちらに座ってください」

殿下の勧めるままに俺は部屋のソファーに座った。

殿下が対面して座ると、先ほどフェルマンさんから聞いた話をもう少し詳しく教えてくれた。

「ということなので、ここがきちんと機能するまでにはもう少しお時間がかかりそうなの。せっかく異動してもらったので、艦長代理には、すぐにでもここにお部屋を用意しますね」

「あの、殿下、地上要員はどうなりますか」

「地上要員??」

「ハイ、船の運航管理や、資材の管理などをする部門です」

「ああ、そうでしたね。今あの船の管理部門には三人の女性がおりましたね。あの方たちにも異動してもらうことになっております。こちらに事務所も用意しますので安心してください。あ、それから、あの船の母港ですが、今のファーレン宇宙港の五番スポットを引き続き使用することになります」

「殿下、先走りする前に、辞令を」

俺と殿下のやり取りを横で聞いていたフェルマンさんがそっと殿下に注意を促す。

「ああ、そうでしたね。すみません。これから辞令をお渡ししますね。コホン。ナオ・ブルース中尉。貴殿を広域刑事警察機構設立準備室付けに出向を認め、船体ナンバーＫＳＳ９９９９航宙駆逐艦『シュンミン』の艦長に任命します」

「え？　艦長ですか。艦長代理の間違いでは……」

「いろいろと考えましたが、ここは軍でもなければコーストガードでもありませんし、何より面倒な前例も気にする必要がありません。そして何より重要なことは、出先での扱いもありますので、艦長にしました」

「すみませんでした。謹んで拝命いたします」

「あなたにはすぐにでもクルーの配置も決めてもらわないといけませんし、何よりあの船がいつでも活動できるように、確認の済んでいない試験を続けてお願いします」

「ブルース艦長。あの船には今後殿下を御乗せして王国内を移動してもらいます。そのためには王宮を納得させる必要があり、こちらで用意した試験官を乗せての査察航海に出てもらわないといけません。申し訳ありませんが準備ができ次第、そのように」

「ハ、了解しました。して、その査察官殿は？」

「そうでしたね。すぐに紹介しましょう。マーガレット、呼んでもらえるかしら」

殿下がそういうと、お付き女官のマーガレットが一旦部屋を出て行き、すぐに人を連れてきた。

「紹介しますね。こちらから私のクルーザーの船長をしています。フォードです。そして、その横にいるのが、今後この準備室の相談役も兼ねます王室造船研究所の主任研究員のサーダーよ。この二人を乗せて、いろいろと性能試験をしてもらえるかしら。終わるころにはこちらも準備を整えますから」

「フォードだ。殿下のクルーザーを預かっている。これからは同僚として働くことになるので、よろしく」

殿下のクルーザーの船長をしていたフォードさんから握手を求められてきたので、素直に握手をしながら挨拶を返した。

「若輩の新米艦長ですがよろしくお願いします」

「サーダーだ。王室造船研究所で戦闘艦用の武装などを研究している。これからは、ここで、海賊船などについての相談役も兼ねるので、よろしく」

「こちらこそ、学校を出たばかりの新米ですので、いろいろとご指導ください」

「早速で悪いが、君の艦に案内してくれるかな。出航前にいろいろと見ておきたいのでな」

「それは良いな。なんでも君の船は国内最速を出したんだって。非常に興味があるしな。私もいいか」

「あらあら、殿方はおもちゃに夢中のようね。私からは何もないので、構いませんよ。フェルマンからは何かありますか」

「はい、出航に当たり補給について考えておりましたがフォード船長にお任せしてもいいですか」

「ええ、構いませんよ。あ、そうだ、殿下。私がいなければクルーザーは飛ばしませんよね。でしたら、私のところから数名同行させたいのですが、よろしいでしょうか」

「私は構いませんが、どうでしょうかブルース艦長」

「補給さえしてもらえば構いません。乗員には余裕があると言いますか、足りないと言いますか、とにかく船室には余裕がありますので、構いません。是非お誘いください」

「では、私は部下を連れて五番スポットに向かいます。船で落ち合いましょう」

「それなら、私も助手を連れて行こう。それも構いませんか艦長」

「ええ、構いません。では、主任もファーレン宇宙港の五番スポットに停めてありますので、そちらで落ち合いましょう」

「ああ、そうさせてもらうよ。それなら早速準備にかかろう。殿下、そうなりましたので、私はこれで失礼します」

紹介された人たちはそそくさと殿下の元を離れてどこかに行ってしまった。

「艦長、すみませんね。あの方たちのことよろしくお願いしますね」

「ハイ、早速艦に戻り受け入れの準備をしたいと思います」

「そうですね。あ、出航だけはちょっと待っていてくださいね。明日もう一度お船に参りますので、その時に他の皆さまに辞令を渡します。それが済みましたら、試験航海に出てもよろしくてよ。戻りましたらここに来て下さいね」

「分かりました殿下。では、早速戻ります」

殿下と別れて、俺はファーレン宇宙港の五番スポットに向かった。

スポット前にはセキュリティゲートがあり、かなり厳しく守られて、俺の艦があるのにもかかわらず、近づくだけで一苦労だ。

この労力を嫌ったのか、スポット前のロビーにあいつらが屯《たむろ》していた。

「艦長代理～～。『シュンミン』に戻れないよ～」

俺を見つけたマリアが俺に泣きついてきた。

あれ??

昨日はもっと簡単に出入りできたのに、不思議なこともあるのだな。

俺はマリアの頭をトントン叩きながら慰めてからゲート周辺を守る責任者を探した。

すると、ゲートの外から急ぎ足で近づいてくる人がいる。

どうも俺に用があるようだ。

「艦長、探しましたよ。早く船に案内してくださいな」

先ほど別れたフォード船長だ。

「あれ、船長。来るのが早くないですか？」

「ああ、私は殿下付きなので、いろいろと特権があるのです。ここまでは公用車を使わせてもらいましたから三十分も前に来ておりました。しかし、船には艦長の許可がない以上は入れませんから探していたのです」

「そうでしたか。しかしあいにくセキュリティレベルが上がったようで、私でも艦には近づけないのです」

「そんな馬鹿な。おい、そこの君。これはどういうことだ」

流石に殿下付きのクルーザー船長だ。

この辺りには顔が利くようで、すぐにゲートを守る責任者らしい人を捕まえて問いただしている。

……

話が付いたようだ。

「艦長。すみませんでした。彼らは艦長を知らなかったようでして。なんでも、あの船には乗員が誰もいないとかで王宮警備部の指示で最警戒態勢を敷いているようです」

「あ、それなら、艦の入り口を守っているシーノメ主任を呼んでください。ブルースが入り口で困っていると伝言願えれば来てくれるでしょう」

「分かりました、そのように頼んでみます」

メンバーの役割決定

「頼んできましたが、しばらく確認に時間がかかるようです」

「それでしたら、待ちましょう。……ただ待つのもなんですから、うちの連中を紹介しますよ。メーリカ姉さん、ケイトとマリアを呼んで、ここに来てくれないか」

「分かりました艦長代理」

「艦長代理⁇　ブルース中尉は艦長なのでは」

「ええ、先ほど殿下から辞令を頂きましたので、艦長になりました。しかし、あいつらには今の今まで会っておりませんから知らないのでしょう」

「そういうことですか……！　もしかして、ここでの足止めもそれが原因では？」

「は！　そうかもしれませんね。あいつらでも知らないのですから王宮警備の人には分かりませんよね。だとしたら頷ける話です。艦長代理以外は通してもらえそうにないでしょうから、艦長に昇進した私は該当者でなくなっていたのでしょうね。これもお役所仕事の弊害でしょうかね。あ、シーノメ主任がいらしたようですね」

メーリカ姉さんがケイトとマリアを連れてきた。

「紹介します。まだ正式に役目を決めておりませんが、うちの副長のメーリカ少尉です。また、こちらには今後攻撃主任を任せるつもりのケイト准尉で、そちらは機関を任せるマリア准尉です。この三名がうちの士官です。その他は後程紹介していきます。メーリカ少尉、ケイト及びマリア准尉。こちらは殿下の持つ航宙クルーザーの船長をしておられるフォード殿だ。この後『シュンミン』の査察航海に同行してくださる」

「これは、皆さま方。今ブルース艦長に紹介にあずかりましたフォードです。よろしくお願いします」

「メーリカ姉さん、今艦長って言わなかった」

「マリア、ちょっと黙っていて。……失礼しました。副長の役目を仰せつかっておりますメーリカです」

メーリカ姉さんが挨拶をしているとゲート奥からシーノメ主任が一人でやってきた。

俺を見つけるとすぐにシーノメ主任が俺に聞いてくる。

「ブルース艦長代理。どういうことなのでしょうか」

「どうも、艦長に出世した私は通してもらえなさそうでしたので、シーノメ主任にご面倒をおかけしているようです」

「へ？　それは……」

「先ほど殿下から辞令を頂きまして、艦長にして頂きました。それが原因なのでは」

「は……すみませんでした、ブルース艦長。私の指示がまずかったようですね。おい、この方たちは私が身分を保証する。お通ししろ。それと乗員が戻るから、ここの警戒レベルを通常まで下げる。いいな」

ゲートのセキュリティ担当の者たちにシーノメ主任が新たな命令を発していた。

「やれやれ、やっと通れるね」

メーリカ姉さんにマリアが愚痴を言いながらゲートを通っていく。

ゲート前でちょっと揉めていたので、フォード船長のお連れの部下たちも合流できたし、サーダー主任も助手を連れてやってきた。

ちょうど良かった。

これでとりあえず全員と合流ができた。

俺は簡単に集まった人たちに挨拶をしてからみんなを連れてゲートをくぐった。

艦に入るとすぐに俺はメーリカ姉さんに乗員全員を後部格納庫に集めてもらった。

幸い全員で移動していたので、集める手間もない。

後部格納庫に集めた乗員に対して、俺はこれからのことについて話をしてから、フォード船長やサーダー主任たちを紹介しておいた。

先ほど、士官の三人にはフォード船長を紹介したが、ここで乗員にはまとめて紹介を済ませておきたかった。

今後の予定としては、明日に殿下が再度訪問され、全員に辞令を交付されることと、補給が済み次第、首都宙域を離れての査察航海に出ることとを話して聞かせた。

そこで、いったん全員を解散させたが、ゲストの部屋を用意しないといけないので、とりあえずゲストを士官食堂に当たるラウンジに連れて行った。

元々がメーリカ姉さんからして士官食堂に籠って自分たちだけが良い思いをしようという考えがないので、ここもほとんど使われていない場所だ。

有効活用ができて良しとしよう。

「ここが士官食堂に当たる場所です。報告を聞いているかは分かりませんが、この艦の内装が廃品の利用で、豪華客船からラウンジ部品を使用したため、このようになっております。皆様にはここをご自由にお使いください。この後皆様の個室に案内させます」

「艦長。聞いてはいたが、この船は凄いな。私のクルーザーよりも立派なラウンジスペースはあるし、ここなら簡単なパーティーを開いても誰からも文句は出そうにないよ。これは殿下も良い買い物をしたと思う」

「ここを自由に使えるんだって。ならここで資料を沢山出して研究していてもいいかね」

「ええ、でも、ここを利用される方たちと協力し合ってくださいね。メーリカ姉さん、船長と主任をスイートにお連れするわけにはいかないよな」

「ええ、殿下のご使用するお部屋の他にもう一部屋ありますが、そこよりも若干落ちますが私たちが使っているデラックス仕様の部屋もまだ余っておりますからそちらにお連れしましょう。正直あそこは私でも贅沢過ぎる部屋だと思っているのですから、クルーザー船長クラスなら納得していただけるかと思いますよ」

「おお、それならそうしよう。しかし、士官用に作った部屋はいくつあるんだっけ」

「デラックス仕様の部屋は二十、一等客室の部屋が四十、二等が六十です。それに多目的ホールが三つあります。乗員を改装前定員の三分の二にしておりますから居住空間には余裕がありますしね」

「では、船長たちを案内しようか。悪いがマリアが付いてきてくれ。俺もまだ使っていない部屋については正直不安だ」

「艦長……だっけ。分かりました」

「では、フォード船長、サーダー主任。皆様の個室にご案内します。今日からでもそこをお使いください」

と言って、今回のゲストを士官用の個室に連れて行ったが、お二人から断られた。

とにかく豪華すぎるという話だ。

いくら俺が士官の三人も使っているし、何より艦長である俺の部屋などもっと酷いと説明しても納得してもらえず、結局下士官の使用する一等客室にお二人が、彼らの部下は二等客室に落ち着いた。

何でゲストの部屋をあてがうだけでこんなに疲れるのか。

とりあえず、個室の入り口にあるモニターにそれぞれの名前を登録してから、先ほどのラウンジに戻ってきた。

「船長、主任。必ず誰かを付けておきますので、ご自由に探査してもらって結構です」

「艦長。なら、早速で悪いが、艦内を案内してもらえるかね」

「マリア、悪いが今日は君がお客様を案内してくれ。マリア自慢の場所を自由に案内して説明するといいよ」

「え？　いいの。分かりました。では、皆さま。私が艦内を案内します。武装管制室から機関室まで、どこでも案内しますし、私が改装もしておりましたから、ほとんどの疑問にもお答えできるかと思います」

「おお、それは助かる。ではお願いしようか」

そういうと、マリアはゲストを連れて艦内のどこかに向かった。

「メーリカ姉さん。悪いが艦長室まで一緒に願えるかな」

「艦内配置ですね」

「ああ、流石に辞令も出たし、何より代理も取れてしまったんでな。きちんとしないとまずい」

「分かりました」

俺とメーリカ姉さんはその後、一緒に艦長室にこもって、人事資料を前に相談を始めた。

副長と、攻撃主任、機関主任は既にあいつらしかいないのだが、それ以外について決めていかないといけない。

何より、うちの二等宙兵にはルーキー以前の就学隊員しかいないし、なんちゃっての一等宙兵や、下士官が多い。

そいつらの配置が……頭痛い。

二人で艦長室にこもってから三時間かけてようやくできあがった。

俺らの艦の布陣が決まった。

「当然艦長は俺で、副長にメーリカ姉さん。それに、攻撃主任にケイト、機関主任にマリアは決まりだな」

「そうですね。それ以外にはないでしょうし、何よりマリアの常勤場所を艦橋にできるのが大きいですね」

「確かにあの二人だけは目の届く所に置きたいよな。決して能力的には不満はないがね〜〜」

「あとが問題ですね。次にカスミですが……」

「ルーキー扱いだったリョーコをカオリやアイに付けておけば問題ないでしょう。二等宙兵については各部署をローテーションにしておけばいいでしょう。なにせまだ彼らは就学隊員ですからね」

「ローテーションは今すぐに決める必要はないが、そうだ、あの暇そうな二人に決めさせよう」

「それがいいですね。では決まった布陣は殿下にお伝えしておきますね」

残りの評価試験

艦内の人事は艦長の権限でどうとでもできるし、決定権も持っている。

しかし、決まった人事を本部に伝えないといけないことになっているはどこの組織でもそれは同じだ。

まあ、艦長自身が決めることなど少なく、グランドクルーや本部人事などが決めてきたのを了承する方が多いとも聞く。

それは、軍もコーストガードも同じで、俺の最初の配属先も本部の人事部署で決められたようだ。

しかし、今回の場合は俺らが決めないといけない。

まだ、組織が固まっていないところに殿下に人事を任せても負担なだけだし、何より、全く面識のない連中の人事など成功させる方が難しい。

その辺りを殿下はわきまえており、俺が辞令を貰って下がるときにフェルマンさんから依頼されたのだ。

明日の辞令発布までに決めろとは言われてないが、実際に組織として実務をするまでには決めてほしいと言われた。

俺がこの艦を預かってから、メーリカ姉さんと話し合っていたこともあり、辞令発布前までに決めることができたので、早速フェルマンさんに連絡を入れてもらった。

翌日、約束通りに殿下が艦にいらした。

俺は全乗員を使い道が分からない多目的ホールに集めた。

倉庫にするにはやたら豪華な造りになっているが、とにかく何もないので、ここに集めた訳だ。

普通ならこういった場合は後部格納庫を使うのだが、今のところ俺の部下の数が六十名と少ないためにどうにかこの部屋で収まるので使った。しかしもしこの先人が増えたらどうしようか。

これが殿下でなければ、何も考えずに後部格納庫を使うのだが、今回は王女殿下という超の付く国の要人なので、警備上の理由などを考慮した措置だ。

これが宇宙に出ていればまた違う対応も取れるが、今日のところはこれで済んだ。

メーリカ姉さんが皆を代表して辞令を受け取る。

「代表してメーリカ少尉、前へ」

「ハイ」

「メーリカ少尉、貴殿の広域刑事警察機構設立準備室への出向を認め、我らが所管する航宙駆逐艦『シュンミン』の副長を命ずる」

「謹んでお受けいたします」

とにかくこれで、辞令の交付も終わり、事務的な手続きは終わった。

「この後、『シュンミン』へ命じる。ナオ・ブルース艦長。この艦の性能の把握を目的とした試験航行を命じる」

「はい、拝命いたします。これより、準備が整い次第、出航いたします」

「成果を期待しております、ブルース艦長」

殿下のお言葉を頂き、出航の準備にはいった。

今回この航行に同行してくださるフォード船長の計らいで、補給に関しては問題なく昨日中に済んでいる。

ケイトとマリアが散々苦労して作り上げた兵士のローテーションに基づき、二等航宙兵を部署に連れて行くのに一番時間を取られたが、それも殿下が退艦するまでには終えることができた。

なので、殿下の見送りを受けながらの出航となった。

「これよりファーレン宇宙港を出港する。副長、出航の命令を出せ」

「これより出航する。カオリ通信士、管制に連絡を」

「了解しました、副長。………ファーレン宇宙港管制官へ。こちらKSS999航宙駆逐艦『シュンミン』、出航の許可を願う」

「こちらファーレン宇宙港管制。五番スポットからの出航を許可する。ゲスト航路三番を使用して出航してください」

「ゲスト航路三番。了解しました。データ受信完了」

「ラーニ航宙士。データに基づき発進させよ」

「発進します。自動航行システム異常なし。高度上昇中。五分でファーレン宇宙港の管制圏内を離脱します」

初めてとは思えない操艦の様子に俺は驚いている。

本当にあいつらは器用というか、キャパが高い。

何でこんなに優秀なのにいらない子扱いだったのだろうか。

俺はそんなこと考えていると後ろのゲストシートに座っているフォード船長が感想を言ってきた。

「素晴らしい操艦ですね。とてもこの船に慣れていないとは思えませんよ」

「ありがとうございます。しかし、私もここまでできるとは思ってもみませんでした。今まではドックからの出航でしたので、案内人任せでしたから」

「そうでしたか。でも、これなら殿下を御乗せしても安心です」

最後に漏らした感想で、この人の目的の一つも分かった。

殿下は既にこの船であっちこっちを行き来する気満々だが、やはり周りの人は気が気じゃなかったらしい。

そんなことを話していると、いよいよ管制が代わるようだ。

「KSS999航宙駆逐艦『シュンミン』、これより管制権を首都星管制局に移管する。良い航海を」

「ファーレン宇宙港管制。管制権の移管の件、了解しましたまた。ありがとうございます。これより首都星管制局に連絡します」

……

「艦長、予定通り航行中。あと三十分で、首都星管制圏内から離脱します」

「艦長、そろそろ準備しましょうか」

副長のメーリカ姉さんが俺に聞いてくる。

「そうだな、今回は異次元航行のテストからだな。異次元航行の準備をしてくれ」

「異次元航行ポイントを指定しておきます」

メーリカ姉さんはレーダーや光学観測機を扱うカスミの元に行き、何やら話をしている。

異次元航行に際しての安全の確保にいろんな部署と連絡を取りながら確認を進めている。

三十分後に、いよいよ首都星ダイヤモンドの管制圏内から出た。

「艦長。管制圏内から離脱しました」

無線担当のカオリが声を掛ける。

「艦長」

「ああ、これより異次元航行の試験を行うため、指定ポイントに向かう。巡航速度に増速の上、指定ポイントへ向かってくれ」

「了解しました、艦長。ラーニ、目標座標に進路変更、巡航速度七宇宙速度へ増速」

「目標、指定座表に変更、速度七宇宙速度へ増速、了解しました」

俺の後ろにあるゲストシートに座っているフォード船長が速度を聞いて驚いている。

「艦長、いきなり七宇宙速度へ増速するのですか」

「はい、フォード船長。この艦の通常航行における速度試験は済んでおります。この艦にはカタログこそ存在しませんが、一応最高速度を十宇宙速度としております。戦闘時などでは出力の百二十パーセントくらいまでを想定しておりますから、十二宇宙速度まではすぐにでも出せますので、巡航速度を七宇宙速度としております」

「我が国の最速船の速度を巡航で超えるとは、つくづくすごい船ですね。私の船でも出せて五宇宙速度までですよ。巡航に至っては四宇宙速度ですか。それでも最速船を謳っておりますから恥ずかしくなりますね」

「いえいえ、この船のエンジンを乗せ換えた時に大型客船のエンジンを無理やり乗せ換えたので出力に余裕ができたおかげです。普通じゃあんな無駄はしませんよ」

「それでもです。内装といい、速度といい、殿下が気に入る訳ですね。ちなみに異次元航行ではどれくらいを見ているのですか」

「先の実在しないカタログ上ではレベル八を謳っております。航行システム上ではレベル十までは設定しておりますので、今回のテストではレベル十まではテストをしたいと考えております」

「ちなみに、今まで異次元航行は……」

「ハイ、ファーレン宇宙港に向かう時にレベル二まではテスト済です。ですので、指定ポイントにつき次第レベル五を試してみます。そこから徐々に上げて、レベル十まで出せればと思っております」

「いきなりレベル五を出すのですか。レベル五といえば我が国最速と言われる超弩級航宙戦艦に匹敵する速度ですよ。しかも、目標がその倍のレベル十ですか。もしそれが可能ならものすごいことに。まあ、いいでしょう。私はあなた方のテストの立会人ですから、しっかり立ち会わせていただきます」

「艦長、指定の座標に到着します」

「えらく速かったな」

「ええ、巡航とはいえ七宇宙速度も出ていれば、すぐですよ。この速度になると、多分近隣を含めて最速ではないでしょうか」

「となると海賊狩りには使えそうだな。逃げたとしてもこの船からは逃げ切れないな。後は武装だけか」

「それも、レーザー砲の使えないところでもこっちからは攻撃する手段もありますし」

「使えればの話だ。それもテストするぞ。……そういえば、あのサーダー主任はどこにいるんだ」

「ハイ、なんでも私らの兵器が見たいと言ってあっちこっちの兵器を見てまわっておりますよ」

「誰か付けているのか。迷子にはさせるなよ」

「大丈夫です。出来の良い子を常に付けているから」

「ああ、就学隊員のことだな」

「ハイ、それに各部署には責任者として必ず誰かいますし、質問があっても答えられますから大丈夫です」

一変した事務所

「それなら安心だ。こっちはテストの続きをしようか。副長、大丈夫か」

「ハイ、艦長。何時でも準備はできております」

「なら異次元航行だ。一応艦内放送で伝えたらすぐに始めてくれ」

「ハイ、了解しました」

そういうとメーリカ姉さんは艦内放送向けにマイクを取り出して艦内にいる全員に異次元航行のテストを伝えた。

一応レベル二では航行しているが、その先何があるか分からないので、もしものために伝えるだけで、テストを終えれば一々伝えるようなことはしない。

「ラーニ航宙士、異次元航行準備」

「異次元航行準備完了。目標地点の安全の確認終了」

異次元航行する際に到着地点の安全確認は直接できる訳はない。

異次元航行管理局というお役所で、航行計画が出された船の所在を確認するだけだ。

尤も軍事関係での航行時には一々そんなことはしないで、異次元から出る際にのみ確認して、安全を図るだけだ。

これは、常に行う作業だが、いきなり目の前に現れたら驚いて事故を起こす可能性があり、それを防ぐための措置だ。

まあ、こんな面倒な作業もみんなコンピュータ任せだが、軍艦でもないので一応の措置は取った。

「それじゃあ、始めよう。副長、よろしく」

「了解しました、艦長。航宙士、異次元航行レベル五で発進」

「レベル五の異次元航行にて発進します」

異次元航行中は、艦内はほとんど変化ない。

下手をすると通常航行時よりも慣性力が働かない分だけ慣性力の変化が少なくないのだ。

「異次元航行、終了します。現在地確認。目標地点からの誤差、適正の範囲内です。テスト結果は良好です」

「よし、順調だな。このままレベルを上げて行き、ニーム星系まで行くぞ。副長、テストを続ける」

「了解しました」

その後はレベルを一つずつ増やしての異次元航行を行い、すぐに目標であったレベル十もクリアした。

「航行面では問題はないな。これなら文句なく殿下を御乗せできる」

「ありがとうございます。ニーム星系には寄らずに首都星系まで戻ります」

「帰還するのか」

「いえ、首都星系に戻りましたら、できる限り超新星に近づいてからの武装のテストを行います。

尤も武器を使うような場面では殿下は御乗せしませんが、この船の特徴となりますレーザー砲の使えないエリア内での武装の確認をします。航宙魚雷に朝顔と呼んでおりますレールガンを使用してテストをします。それが済みましたら、一度首都に戻ります。こんな感じですがよろしいでしょうか」

「結構です。私はこの船の確認のために乗っているただの乗客なのです。私に分からないところはお聞きしますが、全ては艦長にお任せします」

俺とフォード船長とは艦橋で割とこんな感じの話をしながらテストを続けた。

テストそのものは順調だったのだが、その期間中にサーダー主任とはほとんど話をしなかった。

マリアから聞いた話では武装の関係者とはよく話をしていたそうで、なかなか武装に関してのテストがされないことを残念がっていたそうだ。

その武装も異次元航法のテスト後に行ったので、サーダー主任はすこぶるご機嫌だ。

すっかりマリアに毒されたか朝顔五号に夢中になっている。

まあ、武器の研究者であった人ならばやむを得ないことか。

なにせ、あの朝顔は現在ではロスト技術になっていたレールガンだ。

そのロスト技術が復活したとばかりに大喜びで、また、魚雷についても見識を改めたようだ。

レーダーの使えないところでも、追尾や誘導は使えなくともまっすぐには飛ばせるのだ。

光学的な処理さえすれば十分に威力も出せよう。

要は戦術面での工夫をすればよいだけだ。

今まで気にもしていなかった武装でも、場所によっては十分に活用のできることを認識したようだった。

そんなこんなで、無事に一週間でテストも終えて帰投する。

今回もゲスト航路を使って五番スポットに着陸した。

着陸後に俺はフォード船長、サーダー主任を連れてあの高層ビルにある事務所に向かった。

合同庁舎の高層ビルでは、受付などを通さずに保安ゲートを通りエレベータで上に向かった。

辞令を貰った時に同時に入館証を兼ねるＩＤカードを貰っているのだ。

以前に経験した自艦に入れないようなことはなく目的の最上階に着いて、一同が驚いた。

殿下との付き合いが俺なんかより相当に長い筈のフォード船長も目が点になっている。

まだ、フロアには余裕はありそうだが、とにかく人がいる。

表現がおかしくなったが、少なくとも、俺が前回来た時には、ほとんど人はいなかった。

まるで工事中のビル内部のようだったのだが、今は、あっちこっちで忙しく働いているのだ。

何より驚いたのは、エレベーターホールから事務所に入れない。

ここにも保安ゲートがあり、さらには受付嬢までいる。

その受付嬢も今は別の人の対応中だ。

本当にこのフロア全体が忙しそうだ。

俺らはもう一度入館証を出してゲートを通ろうとすると、なんと、今度はエラー表示だ。

また、保安ゲートでの足止めだ。

あの時の悪夢の再来か。

とりあえず、受付を通せば何とかなりそうなのだが、あいにくその受付嬢は別の人の対応中だ。

「もうこれは、待つしかありませんね」

「ええ、しかし、驚きましたね。こんなに変わっているかと思うと、なんだか取り残されたような気がします」

「ええ、私は今まであっちこっちにたらいまわしのように職場が変わりましたから、そんなものかと思いますが、船長のお気持ちも分かります。なんだか私たちに付き合わせて申し訳なく思います」

「何を言いますか、艦長。今は過渡期なんです。殿下はこのプロジェクトに、この国の未来を掛けております。その気持ちの表れが、この準備の早さなんでしょうね。確かに驚きましたが、これは殿下の手腕を誇らないといけないんでしょうね」

「ええ、それにしても……この手腕は凄いですね。何で道楽なんて言われているのでしょうか」

「あ、その噂をどこで聞きましたか」

「え、まずかったですか。私は軍の人事部で聞いたのですが」

「いえ、まずくはないのですが、この仕事は今までのやり方を根本から変えてしまいますから、あっちこっちからの反対勢力からの圧力がかかっております。その噂もその一つなんですよ。でも、今のここを見れば違うと胸を張って言えますが、噂を流す連中にはそんなの関係がないのでしょうね」

そんな話をフォード船長としていると後ろから声を掛けられた。

「ナオ艦長。すみませんでした。行き違いになったようです」

「え？　マキ姉ちゃん……いや違った、マキ主任？」

「ええ、でも今の私は『シュンミン』グランドオフィス室長になりました。よろしくお願いします、艦長」

「え？　出世したの。すごい」

「ゴホン。プライベートな時間ではありませんよ、艦長」

「ああ。失礼した」

「艦長、そのご婦人は……」

「自己紹介が遅れまして申し訳ありません、フォード船長。私は、『シュンミン』のグランドオフィスを預かりますマキ・ブルースと申します。ナオ艦長とは、孤児院からの知り合いでして、つい最近までもコーストガードで担当事務を任されておりました」

「これはこれは、私も自己紹介がまだでしたな。私は殿下の宇宙クルーザーの船長をしておりますフォードです。以後よろしく。ところで、先ほど行き違いと言っておられたようだが」

「ああ、申し訳ありませんでした。私が船長たちをお迎えに上がりましたが、あいにく行き違いになっておりました。急いで戻りましたが、間に合わなかったようで」

「ああ、入港があまりにスムーズだったので、連絡よりも早く到着したんだな。それより……」

「ええ、私がお迎えに上がったのもこの件でして。船長たちのお持ちのＩＤカードが、まだここの保安ゲートに登録前でして、それで中に入れないかと。そのため急ぎお迎えに上がりましたが、間に合いませんでした。殿下もお待ちでしょうから、私が中にご案内します。次からは問題ないように後で登録もしておきます」

俺はフォード船長と一緒にマキ姉ちゃんに案内されて殿下の部屋に向かった。

部屋の前でマキ姉ちゃんはノックをして中からの返事を待つ。

「殿下。三人をお連れしました」

「お入りください」

そう言って部屋の扉を開けたのは殿下のお付きのマーガレット女官だった。

艦長の手料理

「おかえりなさい、艦長、それとご苦労様でしたフォード船長にサーダー主任。それで、いかがでしたか。ここで報告を聞いてもよろしくて」

「ハイ、殿下。こちらで懸案としておりました査察は終了しました。結果は後程文書にて報告しますが、想定以上の良好な結果でした。速度試験では異次元航行でレベル十までを確認しております。そのために通常でもレベル八はいつでも出せます」

「それは凄いですね。レベル八ですか。船長、これはどのようなことでしょう?」

そこからフォード船長が殿下に丁寧にレベル八が持つ意義を教えていた。

「そうですか。王国内なら急げはどこでも二日以内で行けるということですね。これは凄いことになりますね」

「ハイ、殿下のお考えの各星系の貴族への依頼も殿下ご自身で簡単に行えますし、何より首都周辺の大半なら日帰りができます。これは凄いことです」

「船長、他に報告はありますか？」

「ハイ、あの艦については性能設備において一点を除いて全く問題はありません」

「問題視している一点とは」

「ハイ、あの艦に殿下がお乗りになるには、居住に関しては前に通された部屋で問題はないでしょうが、艦橋に殿下のお席がありません。これは早急に準備の必要があるかと」

「え？　私の持つクルーザーにも艦橋には私の席はありませんよ」

「ええ、しかし殿下はあの艦にお乗りになって、この『広域刑事警察機構』を指揮されていくのですから、艦橋に指揮官としてのお席は必要かと。場所は私が今回お借りした艦長席の後ろがよいでしょう。しかし、そのお席とされる椅子は生半可なものではなりません。殿下のお屋敷でお使いになる豪華なお椅子とまでは申しませんが、提督席か、もしくは豪華客船の船長席クラスのものをご用意する必要があるかと。そう致しませんと艦長席の方が良い椅子になってしまいます」

「報告にあった速さならば、艦橋にいる機会も増えそうですね。その改造は考えましょう。他に報告は」

俺が武装について報告しようとしたらサーダー主任が俺に代わって報告してくれた。

サーダー主任はかなり朝顔五号がお気に入りのようで、それを何度も興奮しながら報告していた。

「サーダー主任。武装はそれ以外ではどうでしょうか」

流石に殿下も付き合いきれないとばかりに、次を促したら、ここからも同じように止まらない。

どこまでもぶれないサーダー主任だ。

今度は見捨てられてからさほど時間のたっていない光子魚雷を語りだした。

いわく、レーダーが使えなくとも魚雷は発射できる、ただ、追尾ができないだけなのだ。

だから、追尾せずともいいような戦術が大事だと。

これは光子魚雷だけでなく、先の朝顔にも言えることだが、とにかくまっすぐにしか進まない攻撃兵器なのだ。

まっすぐはレーザー兵器にも言える。

だから、只まっすぐ飛ぶ兵器が悪いわけじゃない。

要は戦術だというのだ。

その戦術の神髄を語り出して、他の人間は諦め始めた。

サーダー主任はこういう人なのかと、この時初めて俺は思った。

そういえば、先のテスト期間中はほとんど会わなかったことを思い出した。

「サーダー主任。戦術の重要性は理解しました。ありがとう。ところで一つ気になったのですが、先ほどフォード船長が言ったあの艦の装備及び性能にはという言葉には、それ以外では問題があるということなのですか」

「ハイ、殿下。あの艦には、いくつか足りないものがあります」

「足りないものですか」

「ハイ、一つは内火艇《ないかてい》がありませんでした。惑星上でしか出入りしておりませんでしたので、今回のテストでは問題ありませんが、私どもの対象が海賊ということですと、致命的になるかと。急いで準備する必要があります」

「フォード船長。どうもその言い方だとまだありそうですね」

「ハイ、後は人ですか。まずあの艦は、動かすための必要最低限しか人はおりません。艦内保安要員はこの先絶対に必要になりますし、なにより生活を守る人員の不足は目を覆うばかりです。今回のテスト期間中の食事は半数が戦闘用簡易食で済ませましたし、艦内の調理施設で調理したものも頂きましたが、それが最大の問題です」

「あの〜、ひょっとして食べられないくらいな……」

「いえ、非常においしく頂きました」

「では何が問題ですか」

「はっきり言ってその食事を調理した人が問題なのです」

あ、それ、俺だ。

毎日簡易食ばかりだと飽きるし、俺が食べたくなかったんだよな。

艦にはフォード船長が補給で、食材も沢山積んでくれたし、誰も料理する人もいなかったから、俺が就学隊員を捕まえて一緒に作ったんだ。

あの時にも文句を言われたが、あれってまずかったかな。

ブルース孤児院で見かけた連中も就学隊員にいたから手伝わせたし、あいつらも何も文句は言っていなかったのに、ひょっとしてフォード船長辺りにチクったか。

俺は周りをそっと見渡していたら、マキ姉ちゃん以外が固まっていた。

「艦長。あなた……その……料理ができたのですね」

やっとのことでひねり出した言葉がこれだった。

「ハイ、私は孤児院出身でしたので、料理は幼いころからさせられました。同じ出身のマキ室長もできる筈です」

「いえ、そういうことでは……」

「ええ、幸いなことにあの艦には私と同じ孤児院の出身者がおりましたので、孤児院時代に私がしていたのと同じように後輩を使えば人数分食事は作れます。何より、簡易食ばかりですと艦内の士気に関わりますので、時間の都合が付くときには私がしておりましたが」

「フェルマン！　大至急です。艦内に調理できる人間を用意してください。そうですね、これは私たち地上にいる人間の責任でした。すぐに足りない人員の検討を始めましょう。他に何か気が付いたことはありますか」

「あの～、殿下」

「サーダー主任。武装関係でもあるのですか」

「武装と言えなくもないですが、あの船にはカタパルトが装備されており、格納スペースもあるのですが護衛機がないのがもったいなく思います」

「護衛機ですか。しかし、今から探してもどうにかなるものなんですか。何より購入費用の面でも問題が……」

「殿下。それなら私に心当たりがあるのですが」

そう切り出したサーダー主任は続けて説明してくれた。

なんでもサーダー主任と協力関係にある研究室で、新型の艦載機開発計画があったそうだが、試作機を数機完成した段階で中止になったとか。

完成した試作機は軍への納入前で、王室造船研究所内にあって、置き場所にも困る有様だと言っていた。

「その試作機は飛べるのですか、いえ、言い方を変えます。使えるのですか？」

「武装がないので、そのままでは使えません。改造が必要です。しかし、正規導入を目指して完成させておりますので、飛ばすことはできる筈です」

「では、それを引き取りましょう」

「ですが、殿下。その試作機にはパイロットがおりません。パイロットはこちらで準備する必要が……」

「それは困りものですね。……いいわ。それはこちらで考えます。とりあえずその護衛機を押さえましょう。頼んでもいいかしら」

「お任せください。すぐに押さえましょう。しかし……」

「分かっております。王室の財産である試作機の管理元の移動はこちらでします。サーダー主任は現物を押さえてください」

「分かりました」

「ほかに報告事項はありますか。……なければこれで解散とします」

殿下の解散の宣言で俺はマキ姉ちゃんと一緒に部屋を出た。

それから、俺をマキ姉ちゃんが別の部屋に連れて行く。

「ごめんなさいね。まだ職場名を記した看板ができていないのよ。ここが管理する船のグランドオフィスになります。奥にナオ君の部屋もあるから。今、案内するね。だから入って」

俺はマキ姉ちゃんに手を引っ張られるように部屋に案内された。

事務机の並ぶ部屋は、前に見たマキ姉ちゃんの部下もいたが、それ以外の人も半数近くいる。

「そうなのよ。ここは、あなたの船だけでなく、殿下のクルーザーも管理するようなの。王室管財部から人が派遣されてきたのよ」

「え？　その人たちもマキ姉ちゃんの下に就くの？」

「ええ、殿下の説明では、ほとんどが『シュンミン』絡みの仕事なので、一応私の部下になるそうよ。でも、あそこには主任さんもいることだし、ほとんど仕事として絡むことはないかな。それよりも、こっち。ここがあなたの部屋になります、ナオ艦長」

艦長の地上事務所

そう言われて奥の扉を開けると中には、大きな事務机が窓を背に置かれており、手前に簡単な応接スペースがある造りだった。

これって俺が第三巡回戦隊の事務所に案内された時に通された戦隊司令の部屋よりも立派だぞ。まずくないかな。

「ナオ君が何を心配しているかは、そのお顔に書いてあるわね。でも大丈夫よ。ここは殿下のお城だし、部外者なんかはここまで来ないから、他から何か言われることはないわね。安心して使ってね」

そんな会話中に扉をノックする音が聞こえた。

「何かしら？」

「ナオ艦長にお客様です」

言ったそばから早速の客だ。

「誰かな？」

俺が訪問者を訪ねると、既に扉を開けてサーダー主任が入ってきた。

「すまんね、取り込み中か？」

「いえ、大丈夫ですが何か御用ですか、サーダー主任」

「ああ、実は頼みたいことがあってな」

「依頼ですか。私にできることなら協力しますが、何でしょうか?」

この人はうちのマリアに近いものを持っているように感じる。

なにせ、一緒にテスト航海をしていた筈なのに、結局航海中は一回も艦橋に顔を出さずにいたし、ほとんど会話らしいことはしていない。

というより、一週間あの狭い艦内にあって、ほとんど会うことすらなかった。

マリアたちが言うには現場ではよく見掛けるし、所かまわず質問してきたとも言っていたが、自分の研究が絡むと前後左右が全く見えない御仁のようだ。

その人からの改まっての依頼となると、これって絶対面倒ごとだ。

俺は未だに殉職を諦めてはいないが、面倒ごとに巻き込まれるのは全力で避けたい。

幸い隣にはマキ姉ちゃんがいるし、うまく面倒をマキ姉ちゃんに丸投げしたい。

「一つは、君たちがどこから航宙魚雷を調達しているかということだ。あれって、この国で作らなくなってから暫く経つだろう。普通なら入手困難な武器だよな。差し支えなければ教えてほしい」

この人一つめと言ったよ。

依頼というのは沢山あるのか。

それこそ全力で逃げるぞ。

……

でも、今聞かれていることの返答だけならすぐにでもできるので、さっさと答えて終わりにしよう。

「ええ、この艦の改造してくれた解体ドックから分けてもらいました」

隣にいたマキ姉ちゃんが俺の代わりに答えてくれた。

「いや〜ね〜。あの魚雷は使えるよ。レーダーが使えないエリアでもしっかり飛ばせるし、武器としての機能はいささかも衰えていないしね。うちでも研究したくて、まとまった数が欲しいのだけれど、安く入手できないかな」

「できるとは思いますが、魚雷を運ぶのはどうしますか。向こうは発送なんかしませんよ。勝手に持っていけって感じですから」

「しかし、それだと困るよな。民間なんかで魚雷の移動はできないしな。できれば君たちに頼めないのか」

「私の判断ではお答えしかねかねます。殿下にお話をされたらどうでしょうか。殿下の指示があればあの艦を動かすことができますし、何より一度ドックに行って、先ほど指摘された殿下用の席を準備しませんといけないでしょうから」

「それもそうだな。ではもう一度殿下に会って話を……」

「あらあら、何のことかしらサーダー主任」

そう言いながら殿下がこの部屋に入ってきた。

それを見た全員が一斉にその場で立ち上がり、固まった。

「ごめんなさいね。私のことを話しているのが聞こえたもので、それで何のことかしらサーダー主任」

殿下の問いにサーダー主任は答えた。

自分の研究のために乗艦の協力が欲しいことを。

ただ単に航宙魚雷を手に入れても、実験ができない。

宇宙空間でいろいろとテストできなければ何の役にも立たないので、是非とも協力が欲しいと必死になって頼んでいる。

「いいのではないかしら、どう思いますかフェルマン」

殿下の後ろから付いてきたフェルマンさんに殿下が聞いている。

「そうですね、先ほど出た艦載機の件もありますし、造船研究所とは仲良くなるのも手ですね。どうでしょうか、こちらから共同で研究するプロジェクトを立ち上げては。そうですね、はじめは航宙魚雷の運用の見直しなんかをテーマにすればよいかと」

「予算は大丈夫ですかね。今までもかなり使ってきましたし、無尽蔵には予算は使えませんよね」

「ええ、ですからここは民間にも協力を求めるということで。こちらでの調査では『シュンミン』を改造したドックは信頼ができますよ。なにより、研究に必要な魚雷を非常に安価で供給してくれるんですよね、艦長」

「ええ、今積んでいる魚雷はドック側の希望もあり、一ゴールドで買っております。なんでも処理をしなければならない魚雷が多数あり、その処理の協力をするという名目だそうです」

「名目でなく、本当に処理に困っていました。こちらで全部引き取ると言っても喜んで差し出すでしょう」

「それは嬉しいですね。でもそうなると、保管場所に問題が」

「ええ、ですから、必要な分だけ買ってきました。しかし、所属も変わりましたし、これからはどうなるのでしょうか。この艦の運用にかかる費用はどの程度が出せるのでしょうか」

マキ姉ちゃんがいずれ問題になる艦のランニングコストをいきなり聞いている。

そういえば、ここはまだ組織作りの最中で、そういった通常発生するいろいろな問題などについてまで手が回っていなさそうだ。

マキ姉ちゃんの質問に殿下に代わりフェルマンさんが教えてくれた。

あまり嬉しい情報ではなかった。

初年度は組織立ち上げのための費用として王宮予備費から四百億ゴールドが出されたが、それも人の引き抜きやら事務所経費など諸々で消えていく。

まだまだ人を連れて来なければならないのにかなり使っており、正直予算面での余裕がなさそうという話だ。

実は、この四百億ゴールドの予算は前に俺たちが鹵獲《ろかく》した航宙フリゲート艦の修理費のために出した六百億ゴールドの残りで、王宮としては予備費千億ゴールドを計上していたが、諸々の事情から減額されたとか。

そこに目を付けた殿下がほとんど無理やり取ってきてこの組織を立ち上げたとか。

なので、来年以降の予算の目処はたっていない。

この組織がきちんと功績をあげて準備室から正式な政府機関に昇格しないと、下手をするとこれ以上の予算は出ないこともあるとも言っている。

殿下は、すぐにでも実績が出せる筈と思っており、全く心配はしていないが、周りの人たちはさぞ胃の痛む話だろう。

そういう意味でも、フェルマンさんなどは費用についてはかなりシビアに見ている。

そこで目についたのが俺たちとの付き合いのあるドックだ。

あそこの費用は異常だ。

いくら中古を使うと言ってもかかる費用が政府で使う他よりも格段に安い。

フェルマンさんの感覚では五分から一割くらいで済んでいる感じのようだ。

今殿下たちがこの部屋に来たのも『シュンミン』の殿下の席の改造についてできるだけ費用を掛けたくない気持ちから打診するためだった。

過去の武器とはいえハイテクだった航宙魚雷が一本一ゴールドで賄えるのなら、現物支給で操船研究所に恩を売ってもいいと考えている。

『シュンミン』を使っての各種テストについても、こちらで運用する合間なら乗組員の習熟訓練を兼ねられるので一石二鳥を狙える。

その上、余って使い道が不明だとは言え、最新鋭の艦載機をただで手に入れられるというのだ。

確かに強《したた》かな人たちだ。

俺は高貴な方たちはもっと鷹揚《おうよう》な人とばかり思っていたが、結構お金に厳しい……もとい、しっかりした考えを持っていると、認識を改めた。

いろいろと話し合いの結果、俺らは明日再びイットリウム星系のニホニウムにあるドックに向かうことになった。

なぜか、『シュンミン』の船足が速いこともあってか殿下をお乗せしての訪問だ。

大丈夫なのか、保安要員だっていないのにと思ったが、殿下のお言葉は『構わない』の一言だった。

俺の上司でもある殿下は、俺の常識では測れない御方のようだ。

昨日の報告を聞いて、その後に相談した次の日に件のドックに行こうとするか。

王族だぞ。

だいたい王族の行幸となるとそれこそ一年も前から準備するのも普通だろうに、話した翌日に移動って何だよ。

いくら俺の艦で数時間の距離とはいえ、そんなのありかよ。

だいたい俺の艦の問題点としての乗員の不足もあるのにもかかわらずだ。

結局俺は殿下に引きずられるかのようにニホニウムに戻っていく。

首都のダイヤモンドから異次元航行を使っても数時間かかる距離だ。

高速艇での通常航行ならば半日を要す距離で、ちょっとそこらにお買い物じゃないだろうに、今俺は殿下を乗せてニホニウムに向かった。

艦長の料理を殿下に

『シュンミン』は早朝出航したので、途中で昼になるが、そういえば食事の用意をする兵もいないと問題になっていた。

そろそろ昼になるがどうしよう。

俺らだけなら構わず何もしないという選択肢もあるが……

殿下は俺の後ろに座って俺らの操艦の様子を大人しく見ている。

殿下用の席は当然ないが、ゲストシートに不満を言わずに座っている。

まあ、この席はゲストでもある程度の地位のある人用で、普通なら艦橋のあちこちにあるエマージェンシーシートを出して座るのだ。

現にフェルマンさんなどはその席を出して座っている。

女官のマーガレットさんは、今はここにはいない。

多分、殿下用に用意したあの部屋にいる筈なのを思い出した。

俺はメーリカ姉さんに艦橋の指揮を任せて、そのマーガレットさんを探しに行った。

部屋の扉をノックして中に入れてもらい、相談を始めた。

「マーガレットさん。こんなことを相談して申し訳ありませんが、殿下の昼食はそちらで準備されておりますでしょうか」

「いえ、そのようなものは準備しておりません。殿下は皆さまと同じものをご所望です」

「え？　でも、まさか簡易食という訳には……」

「ありえません。そんな無礼は許される筈はありえませんよ、艦長」

「となると……」

「殿下は、艦長の御作りになる料理を楽しみにしておりました。今回は作らないのですか」

「え？　前に、かなり文句を言われたので……」

「あれ、私の聞いていたのとは違いますね。殿下もフェルマンも艦長たち乗組員に対して申し訳ないと言っておりました。当然食事の重要性は理解していた筈なのに、その手配ができていなかったとおっしゃっておりました。なんでも料理のできる人を探しているのだとか」

「ありがたいことですね。では、私が作るようにしましょう」

「あの～、こんなことを言ってもいいか分かりませんが、大丈夫なのでしょうか、その……船の操縦は」

「ああ、大丈夫ですよ。敵と戦っている訳ではありませんし、その危険も少ない首都宙域ですから。今副長のメーリカ少尉に指揮を任せております。では、私は厨房に向かうとしましょう」

「あの、私は何かお手伝いをしましょうか」

「マーガレットさんは料理をするのですか」

「いえ、お恥ずかしい話、城では料理人もおりますし、料理する機会が少なくて」

「そうですか、暇なら見ているだけでもいいですよ。この船には孤児院出身者も多くいますし、あいつらは慣れておりますから。しかし、そんなのを殿下にお出ししても良いかどうか……」

「それこそ気にしすぎですよ。フォード船長の『美味しかった』という話を聞いて殿下は楽しみにしております」

結局俺はマーガレットさんの言葉を信じて、前に手伝ってもらった就学隊員を捕まえて兵士食堂に併設してある厨房に向かった。

前の時は六十人ばかりだったのだが、今回はそれよりも三十人ばかり増えたので、百人分の食事を用意した。

あいつら女性なのに大飯食らいが多いのだ。

今回は、殿下が乗るというので、殿下付きの護衛といっても前に来た時にいた厳つい王室警護隊でなく、女性ばかりで構成されている部隊の兵士が三十人乗り込んでいる。

とりあえず日帰りを想定しているので、後から来た連中には部屋を割り振っていないが、もし必要になっても問題ない。

この船には百二十名はゆうに泊まれる部屋がある。

できた料理をマーガレットさんに毒見をしてもらい殿下に持って行ってもらった。

まずは殿下に食べてもらわないと他の者が食べられない。

俺は後の面倒を就学隊員に任せて艦橋に戻った。

俺が艦橋に戻ると殿下は既に部屋に戻って食事を始めたと聞いた。

「艦長、殿下がお待ちですよ」

「へ？」

「食事をご一緒したいそうです」

「分かりました」

艦橋に戻った俺をマーガレットさんが呼びに来る。

俺はメーリカ姉さんに交代で食事を取るように命じてから殿下の部屋に向かった。

自分が指揮する艦なのに、この部屋だけはどうしても慣れない。

艦長室もやたらに豪華なので落ち着かないが、ここはそれ以上に豪華な造りだ。

王族が過ごすには申し分ないのだろうが、そんな部屋が何故作られたのか疑問だ。

あいつら絶対に趣味の世界で作った筈だ。

結果論から言うとあいつらのファインプレーといえるが、俺は手放しであいつらを評価できない。

そんなことを考えながら部屋に入った。

「艦長、艦橋は大丈夫ですか」

「ええ、大丈夫です。何よりここは艦橋に一番近い部屋ですので、何かあっても艦橋から怒鳴れば声が届きます。あ、届きませんね。そういえばここって、部屋をスイートルーム仕様で作られていましたね。防音対策は万全でした。しかし、緊急の艦内放送は入りますから全く問題はありません」

「なら安心してお食事がとれますわね。一人で食べるのは味気なくてお誘いしました」

「ありがとうございます。大変光栄です。しかし、自分で作ったものですので気恥ずかしさはあります」

こんな感じの会話で会食が始まった。

マーガレットさんがお茶を入れてくれるので、本当に優雅な気持ちで食事がとれた。

「ごちそうさまでした。本当に美味しかった。艦長は料理がお上手なのね」

「いや、孤児院出身はだいたいこんなものですよ。自分のことだけでなく、幼い子の面倒を見ないといけませんからね。みんな自分のできることをやるんで自然に覚えます」

「そうなんですか、でも艦長だけに料理を作らせるわけにはいきませんよね。できるだけ早く人を探しますから待っていてくださいね」

ちょうどその時に艦橋から通信が入る
「艦長、間もなくニホニウムの管制圏内に入ります。艦橋にお越しください」

「分かった、すぐ行く」

「では、艦橋に戻りましょうか」

殿下が俺にそう言ってくるが、流石にこれはまずい。

宇宙港に入るならば通信だけなので問題ないが、ドック入りするので案内人が乗り込んでくる。

流石に事情の知らない案内人のいるところに殿下を御連れするわけにはいかない。

「殿下、すみませんがこれからドックに入渠《にゅうきょ》するまでこの部屋に留まってはくれませんか」

「どうしてですの」

「ハイ、これからドック入りまで、このエリア担当の案内人が乗り込んできます。殿下の安全のためというよりも、いらぬ混乱を避けるためにご協力ください」

「そういうことでしたら分かりました。艦長の操艦ぶりを見られないのは残念ですが、ここで大人しくしております」

「ご協力感謝します」

俺は部屋を出て艦橋に向かった。

艦橋に着くと俺はフェルマンさんに事情を話してフェルマンさんはどうするかを聞いた。

「分かりました。殿下の護衛兵士は殿下の部屋を中心に集めますが、私はここに残ります。正直この案内人を見てみたいと思います」

「そういうことでしたら、分かりました。……カオリ、管制に通信を」

「了解しました」

その後はいつものやり取りを経て案内人が乗り込んできた。

前にも何度かお願いしていた人だったが、流石に今回は驚いていた。

船が綺麗になっていたのと、何より人が多い、それも女性ばかりなのに驚いていた。

そういえば前は三十人ばかりだったが、今度はその三倍以上いるのにこの比率は変わっていない。

サーダー主任とフェルマンさんぐらいしか男がいなかった。

あ、就学隊員は男性というより男子だな。

その男子は半数いるから、全く女性の園という訳ではないが、それでもその女性比率の高さに今更ながら驚いた。

無事にドック入りして案内人も出て行ったので、俺はドックの社長に連絡を取った。

殿下を船の外に出すわけにはいかない。

社長の方も初めからこちらに来るつもりのようで、俺の連絡と行き違いになったが、この際問題ない。

俺はフェルマンさんに了解を取ったうえで、社長を連れて殿下の部屋に向かった。

俺はこの社長を紹介する目的で、ここに来ていたが、この時までも、このままこの社長を殿下の前に連れて行ってもいいのか正直自信が持てない。

俺の中で、今回はマリアと一緒でないのが救いだと、呪文のように唱えていた。

「殿下、ここの社長をお連れしました」

俺が扉の前で殿下に入室の許可を取る。

その後の面会は実にスムーズ。

俺の心配は杞憂に終わった。

この人、やればできるんじゃん。

俺の時とで対応に差が出ているが、一介の士官と王族とで差を設けるのは当たり前だ。

しかし、この人は絶対にこのような余所行きの対応ができない人だと思ったのに、裏切られた気持ちだった。

解体屋が殿下ご用達に

その後はサーダー主任とも面会して、ここでの契約面での処理は終えた。

当面準備室関連での整備契約をここと結んでもらった。

年間で契約料を支払い、個別案件ごとに追加で費用を支払うようだ。

また、サーダー主任との件だが、とりあえず航宙魚雷は無償で譲渡することで話が付いたようだ。

元々処理費用を払うとも言っていたくらいなので、それならばと無償譲渡の契約を結んだようだ。

ついでに俺らの使う魚雷も無償のようだ。

ここに来た本来の目的である殿下の席についてだが、どこから持ってきたのか提督用の座席を持ってこさせて、その場で取り付け工事を終えてしまった。

これも解体船からの流用品だと言って、費用が発生しなかった。

とにかく、この社長は気に入ると完全に商売っ気がなくなる。

経営的に大丈夫かとこちらが心配になる。

殿下は、座席取り付け工事の間中、部屋でフェルマンさんと話している。

後で聞いた話だが、隣の倒産した工場を買い上げるつもりのようだ。

ここで、フェルマンさんを降ろして、俺らはその日のうちに首都に戻っていった。

夕食時間までにはファーレン宇宙港に帰りたい。

流石に夕食まで殿下のお食事を準備する勇気は俺にはない。

◇◇◇◇

あのニホニウム行きから一週間は地上で勤務している。

俺のために用意された部屋で、いろいろと運航計画などの調整をしている。

なにせ、王立造船研究所との共同研究の話が持ち上がっているのだ。

あの魚雷を使う研究をするとやたらに張り切っているサーダー主任とテスト計画などを話し合っている。

いくらただみたいな値段で魚雷を撃ち放題だと言っても、やみくもに撃つわけにはいかない。

魚雷はただでも発射するのに宇宙まで行くのが大変だ。

小型とはいえ航宙駆逐艦を宇宙まで行かせるのには経費がばかにならない。

我々準備室として協力はするが、その経費までは持てそうにないので、実験のための経費を研究所に持たせることになる。

なので、研究所としてもその辺りの予算申請にはうるさく、実験計画書をきちんと作成しないと魚雷一本も撃てない。

サーダー主任は必死になって、その計画書を作っているのだが、それに俺も巻き込まれたのだ。

それこそ毎日のようにこの事務所に来て、持ち込んだコンピュータでシミュレーションを何度も行い、レーザー砲の使えないエリア内での戦術を検討している。

かたや殿下やフェルマンさんは検討事項にあった人員の補充に走り回っているそうだ。

前に出かけた時に乗せた兵士たちは王室直轄の近衛兵のうち王妃や王女の警護を担当するために女性だけで構成された部隊から連れてきたのだが、そこから三十名ばかりをこの組織に引き込んだようだ。

ちなみにその女性で構成された部隊の名前は『百合の園』と言うそうで、更に蛇足だが他の男性の部隊には『バラ部隊』というのがあるとも聞いた。

決して変な意味があるのではないとこれを教えてくれた人は何度も言っていたが、意味深だ。

その『百合の園』からいつも殿下を警護していた一個小隊をそのまま持ってきた。

殿下が言うには、俺の船に常に保安要員としてその百合小隊から一分隊十名を乗艦させ、殿下が乗るときには更にもう一分隊の十名を乗せるつもりだそうだ。

その三つの分隊をローテーションで常に回していく計画を立てている。

俺の部下として保安要員も使える話だが、俺の直接の部下としては前から付いてきた六十余名になる。

この船は軍艦でなく、警察の船になる。

ゆえに、状況に応じていろんな部署の人を部署ごとに乗せることが計画される。

例えば、海賊船に対しての取り締まりにおいて、海賊船との交戦では俺の範疇になるが、海賊船に直接乗り込む場合には殿下があっちこっちからスカウトしてきた猛者たちがチームを組んで乗り込んでいくことになる。

当然指揮権の問題が発生するが、この場合には捜査本部が立ち上がっているので、指揮権は現場に出張ってきた捜査室長か、その代理が行い、俺もその指揮下に入ると説明してくれた。

まあ、組織ができあがっていないので、試行錯誤にはなるが、俺の所属する組織は軍ではなく警察なのだ。

今まで学校で習ってきたこととは感覚が異なるがそれもやむを得まい。

コーストガードも本来は警察なのだが、軍人が作った組織だったので、軍に準拠していたから違和感が少なかった。しかしここははっきり言って違和感ばかりだ。

まあ、俺が艦長になった段階でおかしいこと甚だしいが。

そんな生活を続けていたら、殿下が俺のところに料理人を連れて来た。

女性の料理人で名をエーリンさんという二十八歳の美人だ。

彼女と彼女の助手の女性三人の四人を俺の配下として使えという話だ。

これから艦内での食事は彼女たちに任せればいい。

食材等の補給に関しては、必要に応じてグランドオフィスから人を出して当たるという。

この段階で、艦載機を除くすべての懸案事項が解消されたことになる。

その艦載機も、やっと王室管財部の許可を得て、俺らに回されることになりそれを載せて例のドックにもっていかないといけない。

強襲用の内火艇も例のドックに発注しており、この艦載機の改造と一緒に納入される話と聞いた。

「ということで、明日彼女たちの訓練と艦載機の輸送を兼ねてニホニウムまで飛んでもらいます。私たちも当然乗船しますからそのおつもりで」

「ハイ、了解しました。しかし、料理人を乗せる話ですが、食材の補給はいかがしましょうか」

「心配はいりません。先ほどマキ室長に話を付けてあります。この後マキ室長とエーリン厨房長とで話し合うそうです」

「分かりました。私の方では艦載機の搬入と明日の航海の準備を進めておきます」

いよいよこの広域刑事警察機構設立準備室が本格的に稼働する。

はっきり言って俺の艦だけが最後まで準備が遅れていたのだ。

隣に部屋を構えているフォード船長の方もいろいろと準備をしているそうだが、あちらの方は俺よりも少し前に準備を終えたと船長から先週聞いた。

やはり俺の艦の準備が最後になったようだ。

考えたら当たり前だがここは専門色が強く、情報収集部門や、捜査部門、逮捕などの強襲部門もそれぞれ人間をスカウトして命令形態を整えれば準備が済んでしまうところがある。

また、マキ姉ちゃんのように事務部門は仕事さえ明確にされれば準備完了だ。

それに引き換え、俺の艦はその準備するものが多岐にわたる。

人も連れて来ないといけないが、それだけでは済まない。いろいろと準備をして訓練もして初めて使えるのだ。

俺の方はサーダー主任の研究に付き合いながら訓練と準備を進めていたので、かなり遅れた。

いや、これは言い訳か。

俺の経験と資質の不足から来るのがかなり大きい。

メーリカ姉さんにはすっかり面倒ごとを丸投げして、それでやっとどうにかなっている。

それもこれも、これで一段落ができる。

明日からはルーチンの業務が入ってくる……かな?

俺は殿下と別れて、マキ姉ちゃんのところに行き、エーリンさんに打ち合わせが終わったら艦に案内するのでここに戻るように伝えた。

暫くして、マキ姉ちゃんがエーリンさんとその助手を連れて部屋に入ってきた。

「艦長、準備ができました」

「ああ、それでは艦に案内しよう。明日の出航までにある程度艦に慣れてもらわないとな」

「ハイ」

「今日から、賄《まかない》を任せてもいいのか」

「ええ、大丈夫です」

「では、みんなへの紹介後に頼むとしよう」

俺は、マキ姉ちゃんを含めてエーリンさん達を連れて運転手付きの公用車でファーレン宇宙港に向かった。

思えば俺も偉くなったものよ。

運転手付きの車で移動だって。

これは、隣に部屋を貰っている殿下のクルーザー船長と同等の待遇が与えられているためで、全員できる訳ではない。

しかし、一介の中尉の待遇でないことは俺も理解している。

ただ、殿下座乗艦の艦長としての格式を重んじた結果だ。

俺は歩いても、いや、公共交通機関を利用しても構わないのだが、この待遇を気に入っている。

何より時間がかなり節約できるのだ。

『シュンミン』に着くとすぐにメーリカ姉さんに全員を後部格納庫に集めてもらった。

一応エーリンさん達は俺の直接の部下になる。

保安要員も集まってきたが、彼女たちもこの場で紹介はしておくが、指揮権こそ持っているが人事権を持っていない。

交代してこの船に乗ることになるので、一々全員をこの場で紹介はしないが、その話だけはしておく。

最後に賄いを任せられる人としてエーリンさん達を紹介して解散した。

「艦長。乗員の構成が複雑になりましたね」

副長であるメーリカ姉さんの正直な感想だ。

「ああ、この他にも実際に業務に入ると捜査員やら、突撃用員やらの人たちで艦内がごった返すぞ、覚悟しておいた方がいいよ」

「あまりうれしくない情報を頂きありがとうございます。彼らと揉めるか、マリアたちが爆ぜるか、どちらにしても居心地の良い艦になりますね」

「こっちこそ、うれしくない予測をありがとう。どう気を付けていいか分からないが、少なくとも言葉だけでも言っておくよ。『十分に気を付けて』と」

始まる殿下の戦い

その後、明日の予定について簡単に打ち合わせて、それぞれの仕事場に向かった。

俺は明日の出航に備えて、シュンミンの外観から順番に点検していき、最後に機関部の点検を始めた。

「あれ～、艦長。珍しいね、こんなところで」

「バカ言え、出航前には来ているだろう」

「え、出航するの」

「明日な、それまでに問題を起こすなよ」

機関主任のマリアとバカ話をしながら簡単に点検していく。

全ての点検を済ませて艦橋に入ると、いつものごとく忙しくしている。

ラーニやカスミそれにカオリが航行ルートの確認やら各種のシミュレートやらを就学隊員に教えながら自分たちの作業をしている。

俺に気づいたメーリカ姉さんが慣例にならい全員に声を掛ける。

「艦長入室」

全員が一斉に手を止めて敬礼をしてくる。

はっきり言って面倒くさい。

こんな習慣は止めたいのだが、そうもいかない。

俺も答礼して、仕事の続きを促した。


翌日になり、船に殿下をお迎えした。

殿下付きの『百合分隊』と王室保安部からの王室警護隊を連れて艦にやってくる。

俺はこちらにいる保安要員の『百合部隊』を連れてホールにて待つ。

「お待ちしておりました殿下。艦橋にご案内します」

殿下を艦橋に案内して、準備を整えたら出航だ。

殿下のお言葉を艦橋から全乗員に伝えて、船をニホニウムに向け出航させた。

此度の殿下の移動は行幸としてニホニウム政府にあらかじめ伝えてある。

なので、俺らは待たされることなく宇宙港の一番良い場所に案内された。

正直ここに降ろされると面倒なのだが、殿下だけでも降ろしてドックに向かいたい。

『シュンミン』の着陸と同時にチューブが渡されてお偉いさんたちが待つ場所に殿下が降りていった。

この地を管理している公爵は殿下から見て大叔父に当たる方で、大歓迎の様子だ。

本心は面倒ごとだと思っていても……公爵本人は思わなくとも部下や寄子の貴族たちは煩わしく思っているだろう。

それだけ貴族連中は中央政府の介入を嫌う。

ここはまだ中央政府の監督エリアなので、そこまで風当りは強くはないと思われるが、それでも、既得権益を荒らされると思う連中は少なからずいる。

俺には関係ないが、ここからは殿下の王室外交が始まる。

宇宙港での一連の歓迎行事が済むと殿下たち一行は行政府の有るエリアに連れて行かれた。

俺らは、あらかじめ事務所を通してドックに移動することを伝えてあるので、ここで案内人を待つ。

案内人と一緒にマーガレットさんがやってきた。

案内人は待っていたから別段問題はないが、その後に付いてくるマーガレットさんには嫌な予感しかない。

「ブルース艦長。またお会いしましたね」

ここに来た案内人とは、この船のテスト航海のたびに世話になった人だ。

「ええ、お久しぶりとはいかないうちに戻ってきました」

「どこか修理でも」

「いいえ、艦載機の改造ですよ」

「そうですか、ここからならすぐですからね。早速始めましょうか」

「お待ちください」

俺と案内人との会話に異を唱えた人がいた。

そう、一緒に来たマーガレットさんだ。

「すみません、艦長。殿下がお呼びですので、艦長は私とご一緒願えますか」

「殿下からの呼び出しなら無視はできませんね。お急ぎの用ですか」

「ええ」

「メーリカ副長。私はマーガレットさんと一緒に出掛ける。艦の指揮を頼む」

「指揮権を預かりました。行ってらっしゃい、艦長」

俺はメーリカ姉さんに指揮権を預けてから、殿下の女官であるマーガレットさんに付いて艦から出た。

宇宙港のロビーではフェルマンさん以下殿下が集めた組織のキーマンが集まっている。

俺は直接話をしたことのない人ばかりだが、顔だけは見たことがあった。

訝しがる俺を見たフェルマンさんがこの場を仕切りながら教えてくれる。

「艦長、良かった。ここでお会いできて本当に良かった」

「何か緊急事態でも」

「いや、緊急と言えば言えなくもないが、私たちの想定外のことになっている」

「想定外？」

そこで、簡単に身内を集めてフェルマンさんが説明してくれた。

ここは首都宙域にあるイットリウム星域なので、地元への説明は簡単に済ませるつもりだったのだが、せっかく組織の首脳がいるので、挨拶がてらパーティーに招待するというのだ。

その席で、この新たな取り組みの意義について集まる皆に説明してほしいという話だ。

しかし、我々はまだその件について認識が統一されたか確認していない。

挨拶すらしていない人もいるのだ。……俺のことだが。

そこで、この宇宙港の会議室を使って、この後催されるパーティー対策をしようというのだ。

俺はそのまま宇宙港ロビーの傍の会議室に連れて行かれた。

まず会議室で、全員の自己紹介からだ。

個別には知り合いなどいるのだが、それはここにいる全員にも言えることだ。

一人ずつフェルマンさんが音頭を取りながら自己紹介を始める。

はっきり言って、こういうのは大の苦手だ。

引きこもりではなかったが、それでも引っ込み思案気味の幼少期を過ごした俺は、未だにこういった社交面でのスキルは身に付けていない。

流石に殿下の座乗艦の艦長である俺にこういったケースはこれから増えることはあれなくなることはないことくらいは理解している。

苦手ながらも内輪ということもあり、どうにか自己紹介を終えた。

ここで改めて紹介されたのは以下の通りだ。

情報室長：ジェームス・バカラン
国内にいくつかある諜報機関のまとめ役で、王室諜報部出身。

スパイの持つイメージをそのまま、名前以外は全く印象が残っていない人だった。

捜査室長：トムソン・コロンビア
辺境に近いニーム星域の準惑星の警察に勤務していたたたき上げの警官であり、フェルマンさんがスカウトしてきたらしい。

なんでも捜査の鬼とも言われていたとか。

彼の持つ雰囲気は気の良いおじさんといった感じなのだが、検挙実績はもの凄いとか。

貴族連中も多数捕まえていたとかで、かなり貴族社会では煙たがれた存在になり、どこかに左遷されそうになっていたのをすかさずにスカウトして連れて来たとフェルマンさんが教えてくれた。

機動隊長：アイス・キール
彼は平民出身の最前線兵士の出だ。

バトルアックスを使った戦闘では彼に敵う者はいないくらいの猛者と言える存在で、下士官まで出世していた。

また、部下の育成と現場での指揮能力の高さは折り紙付きであるがゆえに、出る釘は打たれるの喩えじゃないが、出来損ないの貴族の子弟に目を付けられて死地に送られる寸前に王室の強権を使ってスカウトしたという話だ。

はっきり言って、イケメン。リア充は死ねというレベル。

甘いマスクで優しい雰囲気を漂わす癖に戦闘では無類の強さを示す化け物。

部隊内ではそういう話が聞こえてくるという。

保安室長：バージニア・スタンレー
アラサーの美人。

戦闘でも、殿下の身の回りのお世話でも僅かな隙もない完璧超人のひとり。

あの『百合の園』出身者で、俺の船にもローテーションで保安員を回してくれる。

今回紹介されたのはこの四人で、今回殿下が立ち上げた広域刑事警察機構設立準備室の実働部隊の要だ。

情報室長と保安室長は王室から連れて来ているが、それ以外のスカウト組ははっきり言ってはみ出し者、いらない者の扱いを受けたある意味問題児ばかりだ。

それでいてその実績能力は折り紙付きだと。

これは見る人が見れば貴族社会に対して喧嘩を売るような布陣だ。

ああ、だから俺なのか。

そこに、取るに足りない出来損ないの俺が入ることで、貴族連中にあらぬ疑念を持たせないという訳か。

自分で言うのもなんだが、自信を持って言えるが俺は彼らと比べるべくもなく見劣りするぞ。

しかも、キーマンの中ではかなり重要な位置づけとなる座乗艦の艦長だ。

しかし、この人たちに交じってパーティーなんか地獄でしかない。

そんなことを考えているとフェルマンさんが俺に構わず話を進める。

「一応の紹介が終わったので本題に入りますが、私どもの予定では首都星域を離れた時から始めるつもりでしたので、それが前倒しになったとお考え下さい」

そう切り出してから、話を進めてきた。

そう、ここでは簡単に挨拶だけして王国内の他の宙域を回る予定になっていた。

次の予定地であるレニウム星域に向かう艦内できちんと対策を取るつもりだったようだ。

次のレニウムは王国唯一の友好国であるアミン公国への玄関口でもあり、治安はすこぶる良い。

というか、軍の第二艦隊の母港を置いて治安を必死に維持している星域だ。

なので、最初の訪問地としては妥当だと考えていたようだ。

殿下のこの取り組みは、一部ではその必要性を理解している人もいるが、ほとんどの貴族連中は殿下の始めた道楽程度にしか考えていない。

はっきり言って貴族が治める地域への王室からの干渉を良くは思っていないから、貴族政治の場面では一種の戦場となるのだそうだ。

その戦場へのデビューが早まったという話だった。

この王室外交、貴族政治の場において殿下の道楽と思われようが、必要に応じて我らが現地の捜査部門への指揮命令系統を得る大事な布石なのだそうだ。

なので、この戦場での失敗は許されない。

我ら殿下の配下に不和があってはいけないそうだ。

そこで、ここでは方針などのすり合わせを行い、くだらない貴族連中に付け入る隙を決して見せてはいけないと釘を刺された。

秘中の策敗れる

この会議の場で、俺はいろいろと聞かされたが、初めて知ったことばかりだった。

殿下は、情報部から情報を集め詳細検討を加えてきっかけを掴むと、現地に捜査員を送り、現地で捜査本部を立ち上げる。

そのための行幸ともお考えだ。

指揮を執るのが捜査室長のトムソンさんだ。

海賊捜査に於いてほとんどの場合一つの星域だけでは捜査は行き詰る。

だから殿下はこの組織を作ったのだ。

トムソンさんの判断で捜査本部はいつでも移動するし、また、複数の星域にまたがっても捜査することになる。

そこで十分な証拠を掴んだら、いよいよ現場に突入だ。

そこを指揮するのがアイスさん率いる機動隊だ。

俺は、そのアイスさんたちを現場に運び、確実に海賊を捕まえるために、必要に応じて戦闘もする。

そんな役割を負う。

誰に聞かれても、どの貴族に聞かれてもここにいる全員が同じ回答をしなければいけないという話だ。

我々がバラバラなことを言おうものなら、我らの間に隙を見つけて敵はそこを攻めてくる。

フェルマンさんの話では、下手をすると海賊に繋がっている貴族もいるかもしれない。

これはまだ憶測の域を出ていないので、扱いに注意を要するが、そんな貴族もろとも潰していくのが我らに求められた使命だとも言う。

そんな難しいことを俺に求められても非常に困る。

そこで俺は考えた。

こういった考えることは嫌いじゃない。

ピンチになればなるほど、ちょっとワクワクする自分に気が付く。

俺ってMだったのかな。

まあ、俺の頭はこの時きちんと仕事をした。

俺の中で戦場であるパーティーでの作戦が決まった。

名付けて『金魚の糞』作戦だ。

そう、その名の通り、金魚の糞になりきる。

殿下の座乗艦艦長として片時も殿下のそばを離れることなく、黒子に徹する。

いよいよ外交、いや貴族政治といった方がいいか、その戦闘が始まる。

俺は先ほど考えた作戦を引っ下げて会場に乗り込んだ。

宇宙港から車で連れていかれた場所は、この星域全体を国王から任されている公爵の屋敷だ。

車寄せに着くと、ずらりと並ぶ家人たち。

その中を悠然と進んでいくフェルマンさんと、その後ろからついていく俺ら。

そのまま奥に案内された場所は広いパーティー会場だった。

すぐに殿下を見つけて、その後ろに何気ない顔をしながら控えた。

殿下はパーティーに招かれている人たちから忙しそうに挨拶を受けている。

とりあえず俺の『金魚の糞』作戦は順調に推移しており、俺には今のところ攻撃はない。

会場にいた公爵が中央の壇上に上がり挨拶を始めた。

どうも俺らが最後の客だったようだ。

今回の場合、殿下の配下が遅れたことになっているので、褒められたことじゃないが、このパーティーのような私的な会合ではそこまでうるさくはないらしい。

本来ならば爵位で最高位に当たる殿下が最後に入りパーティーが始まることになるのが礼儀だそうだが、殿下の願いとあって俺らが急遽招かれたらしい。

正直有難迷惑なのだが、これも殿下の思惑あってのことだ。

その殿下の思惑を完全に理解している優秀な同輩たちは、会場に入ると早速散らばって仕事を始めている。

要は、各星系においてコネクションを作っていくのだ。

俺と同じ平民出身の筈の捜査室長もこの星の警察関係者たちの所に行って談笑をしている。

軍人や警察関係者は礼服が制服なので、わかりやすい。

それで俺はというと、現在作戦を継続中だ。

公爵の挨拶が終わると、殿下が呼ばれて壇上へ登っていく。

フェルマンさんはそのそばまで行くが、その際に俺はその場で止められた。

どうもウザがられていたようだ
くそ～、俺の作戦が見抜かれたのだ。

簡単に俺の秘中の作戦が破られた。

しかし俺は慌てない。

策士なれば自身の策が破られた時のことも考えておくものだ。

俺は用意していた次策に移る。

作戦名『とりもち、もしくは濡れ落ち葉』作戦だ。

これは同輩たちにとりつきしつこく離れないことで自身の安全を図る作戦だ。

早速、見かけた機動隊長のアイスさんの傍に行く。

………

結論から言うとアイスさんは無理だった。

彼のルックスははっきり言ってリア充、しかも最上級のものだ。

貴族のお嬢様方を上手にあしらっていく。

正直言うと俺はお邪魔な存在だ。

なにせあしらわれたお嬢様が俺のことを汚いものを見るように睨んでから立ち去っていくのだ。

アイスさんが無理なら……駄目だ。

俺と同じ庶民のトムソン捜査室長の周りには警察関係者で固まり、異物を受け入れない雰囲気がある。

当然保安室長は妙齢の女性なので、それだけで俺は近づけない。

次策まで破られるとはさすがだ。

侮れないな、貴族のパーティー。

俺はとうとう最後の策に手を出さざるを得ない。

もう後のない俺に残されたのはこれしかない。

作戦名『壁の花』だ。

俺は女性でないので、作戦名を変えて『壁の花』改め『壁際の雑草』作戦だ。

俺はできるだけ目立たないように入ってきた入り口近くまで移動して壁際に寄った。

ここでパーティーが終わるまで、いや、途中退室が許される時間まで大人しくしている。

幸い誰にも気づかれた様子はない。

今のところは順調に推移している。

ここで差し出されたカクテルでも大人しくちびちびしていればいい。

俺は更に注意深く潜航するべく部屋の隅に移動しようとしたらその先には先客がいた。

見覚えのあるやつだ。

向こうも俺に気が付いた。

しまった、潜っていたのが見つかった。

逃げようとしたら向こうからの先制攻撃が。

「ひょっとして、ナオか……」

一発で俺は撃沈した。

もう諦めるしかない。

それにしても、会いたくないやつに会うとは俺の運命の神様は本当に仕事をしない。

「ああ、久しぶりだなジャイーン。三年ぶりか」

「ああ、それよりもなぜおまえが。軍に入ったと聞いたが」

「ああ、俺は今でも軍人さ。でも今は出向の身の上だ」

そこから部屋の隅で話をした。

こいつは俺からテッちゃんを寝取ったやつだ。

彼は憎きブルジョワジーで、プロレタリアートである俺の敵だが、正直彼を憎みきれていない。

理由は分からないが、こいつは本当に良い奴で、俺もそれを知っている。

こいつには学生時代にいろいろと良くしてもらっていたし、何よりテッちゃんのことがなければ俺の数少ない友人にもなっただろうと思えるのだから。

しかも、こいつの実家はこの星で一番大きな財閥でもあり、俺の育った孤児院もその財閥からの援助でかなり助けられてもいた。

いわば俺たちの恩人でもある。

テッちゃんもその辺りに惹かれたのか……いや違うな。

こいつは性格も良い、ルックスも良い、とにかくとんでもないスペックを持つ物語の主人公補正が働くような奴なのだから、良い女なら誰でも無制限に引き付ける『良い女ホイホイ』のような奴だ。

テッちゃんも簡単にそれに捕まっただけなのだろう。

やっぱり爆ぜろ。

「ところで、お前は何でここにいるんだ。まだ学生だろう」

「ああ、四年生だ。今は校外実習で、俺は故郷のキャスベル工廠《こうしょう》に来ている」

奴はそう切り出してから簡単に状況を説明してくれた。

何でもケイリン大学の例のコースは最終学年で王国内の有力企業に一から二か月の校外実習に出す。

学生の内から実際のビジネス現場の空気だけでも感じてもらう配慮だ。

ジャイーンは地元に戻れば愛人が沢山いるし、とにかく地元で実習を受けたかったのだろう。

しかし、親元への実習だとにかく格好が悪い。

そこで親同士で付き合いのあった地元の大手企業でもあるキャスベル工廠に実習に来ていたそうだ。

その実習中に、この星のハイソな人たちにはちょっとした事件が起こる。

第三王女殿下がこの星に行幸してくるというのだ。

この星を預かる公爵は早速地元の有力者を集めてパーティーを開く。

いわば貴族政治という奴だ。

当然ジャイーンの親も招待されるが、まだ学生の身分であるジャイーンには参加資格が無い。

そこで、彼と彼の一族に恩でも売るつもりで、キャスベル工廠の社長が随行員として彼を連れてきたというのだ。

公爵も彼の事情は知っているので、特例として会場に入る許可は出したという話だった。

そういう訳で彼はここで大人しくしている。

でないと、こいつはアイスさんとここにいる女性を二分していたかもしれない。

そういう意味ではアイスさんも主人公補正を持っているのかもしれない。

ちょっと違うような気もするが……。

ジャイーンとの再会

まあ、そういう訳なので彼は必然的に『壁の花』作戦中だった。

「と言う訳だが、ナオはどうしてここにいるんだよ」

「さっきも言っただろう。俺は出向中だ。今は王宮に出向しており、俺の上司が王女殿下だ。俺はその御供さ。なので、今は仕事中だ」

……………

「あら、そうなのかしら、艦長。艦長の御仕事はそこにはなくてよ。皆さん艦長のお話を聞きたがっていましたよ」

な、なんでここに殿下が来るんだよ。

殿下は俺の他に人がいるのを知っていた筈なのだが、今気が付いたように話を続けた。

「これは失礼しました。お話し中に割り込んでしまいましたね。艦長、私にご紹介して下さりますか」

これには俺よりもジャイーンの方がえらく驚いていた。

完全に固まっているぞ。

こいつのこんな姿は正直初めて見たような気がする。

こいつは完璧超人とばかり思っていたが、こういうおちゃめな面もあるんだ。

やっぱりこういうのが女性心をくすぐるんだろうな。

やっぱりこいつは爆ぜなければならない。

「殿下、申し訳ありません。彼は私の友人で、ジャイーン・ストロング・アームと言います。ストロング・アーム財閥家に連なる者ですが、彼はまだ学生でして、ここには実習先の社長の配慮で随行員としてここにおります。ですので、改まってのご挨拶はその……」

「分かっておりますわよ。でもブルース艦長のお知り合いならご挨拶をしたいじゃないですか」

「殿下の御尊顔を身近で拝見できる栄誉を承り大変きょ、恐縮しております。わ、私は先ほどナオの……いえ、ナオ・ブルース艦長の紹介の通り、ストロング・アーム家の三男でジャイーンと申します。現在ケイリン大学四年生です。ここにはキャスベル工廠の社長のご配慮で参加させていただきました。このような席には初めての参加でして、その……」

完全にテンパっているな。

まあ、誰でもそうなるよな。

ここで俺が奴を助ける義理はないのだが、あれ、ないかな、まあいいか、殿下から助けてやろう。

これって大きな貸しだぞ。

今度俺にも女を紹介でもしろよって訳ないか。

「ところで殿下。私に御用ですか」

「ええ、艦長はお仕事中なのですよね。そのお仕事はあちらでお待ちですよ」

そう言うと殿下が見つめる先には貴族たちの視線がこちらに向いている。

あの中に入らないといけないのか。

殿下には俺の秘中の作戦が二つも破られたわけだ。

殿下は侮れない策士だ。

俺は諦めてあの中に向かうことにした。

「すみませんね、お話し中に」

「いえ、私こそ殿下とお話の機会を承り大変恐縮しております」

殿下は俺よりも先に貴族の集まりに向かって歩いていった。

さすがに俺が遅れるわけにもいかずジャイーンに一言だけ言ってから殿下についていった。

「悪いな、俺はいくよ」

ジャイーンはやっとのことで一言だけ「ああ」と言っただけだった。

俺の向かった先は貴族連中が屯《たむろ》している場所だ。

はっきり言って俺には勝ち目のない戦場に何故殿下は俺を送り込む。

ひょっとして殿下は俺の敵か。

俺はあえなく簡単に敗北したのだ……

殿下は、集まった有力貴族たちにこれからの活動について説明している。

その際に俺の乗る船についても説明していたので俺が呼ばれたのだろう。

この場には公爵もいたので殿下は最後に驚くべき提案をしてきた。

「ねえ、艦長。公爵にお船を見てもらいましょうよ」

見学、いや内覧会といった感じなのか俺は簡単に了解したのだ。

「ええ、構いません。皆様方がいらしたら、新たに生まれ変わった『シュンミン』をご案内します」

「どうでしょう、公爵。今回ご招待してくださったお礼にお船で簡単なパーティーを開きたいと思います。流石に今ここにいる全員は無理でも公爵の親しい方たちをご招待したいのですが如何でしようか。この星域を周遊してみますよ」

「よろしいのでしょうか、殿下。それなら喜んでご招待に預かりましょう」

「まあ、あの綺麗なお船で周遊ですか。楽しそうですね公爵閣下。是非私も同行させてくださりませ、殿下」

「明後日では如何でしょうか。詳しくはフェルマンを残しますので、お話しください」

せ、船上パーティーだと。

今のここより格段にハードルを上げたぞ、この殿下は。

俺はこの段階で、殿下を敵と認定せざるを得なくなった。

そんな訳ある筈ないが、それでも、これはキツイ。

当然殿下には勝算あっての提案なのだろうがどうするつもりだ。

この後、俺と殿下はパーティーの途中だが退出させてもらった。

公爵のお屋敷から車であのドックに向かう。

俺と殿下は同じ車に乗せられた。

当然、王室警護隊と保安要員数名も同乗しているが、殿下の傍には俺しかいない。

「艦長、心配なさらなくても大丈夫ですよ。あのお船ならどこに出しても恥ずかしくはありませんし、私の『百合の園』たちの皆がいれば給仕についても何ら心配はありません。クルーザーで慣れていますから。強いて問題点を挙げるとしたら艦長ですかね。ご自身のお船では逃げられませんしね」

しまった、殿下は今日の俺の行動をチェックしていた。

しかし、俺にどうしろというのだ。

「これから回る各星系でも同じことが繰り返されます。少なくとも表立って敵のいないここなら経験を積むにはもってこいの環境なのですよ。私もあの船を見た時に、ここで船上パーティーを開きたいと思いましたからね」

「そ、そうなんですか。それは光栄です」

「で早速問題ですが、あのお船にはどれ程人が乗せられますか」

「以前に報告しましたが百二十三名くらいでしたっけ」

「くらい？　まあいいでしょう。それは乗員の定員数ですよね。私が聞きたいのはゲストとしてどれほど乗せられるかなんですが」

「ゲストですか。それは考えてもおりませんでした。すぐに問い合わせます」

俺はそう殿下に断って携帯端末からドックの社長を呼び出した。

端末で社長と話しても要領を得ない。

イライラしたのか殿下は俺から端末を取り上げてあろうことか直接話始めた。

五分くらい話し込んでいただろうか。

話が終わると嬉しそうに俺に報告してくれた。

「艦長。本当に良い会社を紹介してくださいましたね。あそこと契約が結べたのは本当に幸運でした。現状ではそういった機能は全くないそうですが、すぐに用意してくださるとのことでした。いくつかある多目的なホールにエマージェンシーシートを用意してくださるとのことでしたので、貴族用に三十席と随行員用に九十席を頼んでおきました」

車がドックに着くころには既に工事が始まっていた。

嬉々として働くマリアがいたのは見なかったことにする。

殿下はそのまま後部ハッチから艦内に入り、厨房に寄って厨房長を捕まえてから自室に向かった。

パーティーでの料理の計画でも話し合うのだろう。


俺はそのまま艦橋に入り副長のメーリカ姉さんから報告を聞いて自室に入った。

今日は本当に疲れた。

慣れないことばかりで、体の芯から疲れたので、そのまま俺は横になった。

いつのまにか寝ていたのだろう、気が付くとあれから二時間は経過していた。

部屋の扉をノックする音で俺は目を覚ました。

「ハイ、入室を許可する」

俺がドアをノックする人にそう言って部屋に入ってもらった。

入ってきたのは殿下付き女官のマーガレットさんだった。

「艦長、お疲れの所申し訳ありませんが殿下がお呼びです。同行してくださりませんか」

殿下に呼ばれて殿下の部屋に入ると、中ではちょっとばかり酷いことに。

早速部屋に呼んでいた厨房長をリーダーとして助手たちを使い、食材やらの手配をしている。

厨房長は厨房長で、殿下とパーティーに出す料理の確認をしており、いくつか部屋に散らばっている端末には各種の料理が表示されている。

保安要員も先ほどから部屋に出たり入ったりしており、ここではまさに戦争が始まっている。

「すみません、お呼び出ししまして。私たちの中では既にパーティーは始まっておりますのよ。艦長には、船上パーティーの時の航路の設定をお願いしたいのですが、よろしいでしょうか」

軍隊における司令官の権限は旗艦艦長よりも上だが、この船は軍でもなければ殿下は司令官でもない。

殿下は準備室長なので俺の上司だが、艦の中では艦長が一番強力な権限を持っている。

この場合俺が艦長として権限上では殿下よりも強く、殿下は俺に要請ができるだけだ。

尤も殿下の要請を断ることなどできないが、殿下もその辺りはきちんと弁えているので、俺に要請してきた。

「時間はどれくらいをお考えでしょうか」

「出発から帰還まで四時間といったところでしょうか。途中で会食の他に、この船のデモンストレーションをしたいのですが、構いませんか。デモンストレーションは三十分もあれば十分です」

「分かりました。途中の条件の良い場所で主砲とパルサー砲の実射を予定しておきます。殿下のおっしゃられたお時間ですと、この星域の最外惑星を通り越してしまいますが、そことの往復で構いませんか」

「ええ、構いませんよ。計画ができましたらデータをください。公爵閣下にお知らせしておきます」

「分かりました」

艦上パーティー

殿下から依頼を受けたので、俺はその足で艦橋に行き、メーリカ姉さんと相談した。

すぐに船上パーティーのための航路が決まり、明日の宇宙港への移動も案内人を予約しておいた。

食材等の搬入も明日の午前中には終わるという話で、明日の午後からは厨房で準備が始まるとも聞いた。

つくづく貴族のパーティーって手間と時間とお金がかかるものだと、この時に初めて知った。

殿下が頼んでいた工事はもうすでに終わっており、検査も終了していた。

俺はその検査報告書にサインを入れながら艦載機についてメーリカ姉さんに聞いた。

「ところで、ここに持ってきた艦載機はどうなった。何か聞いているか」

「ハイ、あれは試作機でしたので、安全証明の取得に時間がかかるとか。武装はこの艦にも搭載しているパルサー砲のほかにマリアが『ひまわり四号』を積むんだと張り切っていましたが、許可したのですか」

「え？　俺は知らないぞ。そもそもあの艦載機については俺の裁量かどうかも知らないしな」

「どこからの指示なんですかね？　後で聞いておきます」

後でメーリカ姉さんが聞いたことには殿下からの指示が出ており、あの社長がマリアと喜んで作っていたとか。

その他にも魚雷を二本も搭載するかなり重武装の艦載機になっている。

しかし、通常使用するためにお役所への認可を取り付けることで時間がかかっているとの話だ。

この辺りは親会社のキャスベル工廠を巻き込んで力業《ちからわざ》で通すと社長は息巻いていたから、一か月以内には完了していることだろう。

尤も俺らは、ここでのパーティーが済み次第、順次各星系に出向いて新たな組織の説明をしていく予定だ。

殿下の話では各星系で有力者をこの船に招いて、海賊の捜査から取り締まりまでを全部行うので、協力してほしいと説明していくそうだ。

軍には頼らず、発見次第すぐにでも取り締まるので、海賊の検挙率の向上が望めるから絶対に協力は拒まないでほしいと圧力を掛けるらしい。

その最初が明後日の船上パーティーだそうで、失敗は許されない。

俺もホストとして頑張らないといけないそうだが、学校では貴族との付き合い方など教えてもらっていない。

客船の高級船員は客との付き合いも仕事のうちで、船長なども乗客との会食は度々あるとかで、どこの船舶会社もそういったマナー教育にも力を注いでいるそうだが、軍にはそんな教育項目はない。

コーストガードでも必要はなさそうで、俺を始め士官全員が正直言って明後日を恐れている。

殿下は「気にすることはありませんよ」と言ってくださるが如何なものだろうか。

フェルマンさんやマーガレットさんからは、誰もここがクルーザーや豪華客船でないことを理解しているからいつも通りで大丈夫と言ってくださるが、それでも俺を始め士官全員に簡単にマナーを教えてくれた。

そんなこんなで時間が過ぎて、いよいよお客様をお迎えすることになった。

艦橋をメーリカ姉さんに任せて俺はロビーで殿下の横に立ち招待客を待つ。

俺の艦は昨日のうちに宇宙港に運ばれて、今は搭乗用のしかも貴族が利用するやたらと豪華なチューブが搭乗ゲートに使っているホールに繋がっている。

たとえ貴族といえども保安検査を通らないといけないので、ゲストがここに来るまでに時間を要したが、公爵を先頭に招待した貴族連中がやって来る。

俺は持病になりつつある胃痛をこらえながら笑顔でゲストをお迎えした。

前に殿下をお迎えしたような最敬礼はここでは取れないので、軽く会釈をしながら挨拶を交わしていく。

お迎えしたゲストは殿下の『百合の園』出身の保安要員が上手に案内して、随行員とゲストをそれぞれ別の多目的ホールに連れて行く。

とにかく離陸するまでは規則もあり全員座らせるので、貴族連中を待たせないように、準備ができ次第、すぐに離陸した。

この辺りについては、流石に公爵や殿下のご意向もあり、全く待たされることなく離陸できた。

離陸後すぐに宇宙港の管制圏内から離脱した。

ここまで来れば、通常航行に移るので、お客様を解放してパーティーの始まりだ。

俺は後ろに座っている殿下に、「これより通常航行に入ります」と報告を入れる。

殿下もすぐに自身の席から立ち上がり次の行動に移る。

殿下は傍に控えているフェルマンに指示を出した。

その後、俺に向かって「艦内のお客様にご挨拶がてら案内をお願いします」と言ってきた。

俺は殿下の言われることが分からなかったが副長のメーリカ姉さんがヒントを教えてくれた。

「艦長、あれですよ、あれ。ほら定期便の船長がシートベルト外していいよっていうあれです」

「ああ、そうか。それなら分かったよ」

俺とメーリカ姉さんの話が聞こえていたのか殿下はにっこりと頷いてくれた。

俺は艦長席から艦内放送用のマイクを取り上げ、挨拶を始めた。

「私は本艦KSS9999航宙駆逐艦『シュンミン』の艦長のナオ・ブルースです。只今ファーレン宇宙港の管制圏内から離脱しましたので、ご不自由をおかけしておりましたシートベルトを外してくださって構いません。ここで改めて本艦にご来艦してくださりました皆様に御礼申し上げます。

これより約四時間と短い間ですが、できうる限りの歓迎をしてまいります。楽しんでください」

俺の挨拶の後に殿下が「私にも話させてください」と言ってきたので、殿下の席から使えるようにマイクのスイッチを入れた。

「改めまして、私の招待を快くお受け下さり感謝いたします。これよりパーティーの準備が整いますまで、お飲み物などお出しするために、皆様方を別室にご案内させて頂きます。私どもの者が参りますので、もうしばらくお待ちください」

殿下の挨拶の後に殿下が俺に向かって「では、艦長参りましょうか」と言ってきた。

え？

どこに参るというのだ。

俺の仕事場は艦橋だろう。

「艦長。艦橋の指揮権を預かります」

殿下の意を受けたメーリカ姉さんは早速艦橋の指揮権を俺から取りあげた。

「ああ、分かった。副長、艦橋の指揮権を預ける」

とにかくしまらない艦長になってしまった。

まあ今更なので気にはしないが、それよりもこれって行き先が会場だろう。

また、先日の悲劇が……あの時には悲劇などありませんでした。

しかし、俺にとっては苦痛のひと時だったのは事実です。

「これより、第一〜第三の多目的ホール、ロビーホール、それに後部格納庫を開放する。また、正規の招待客に対しては士官食堂も開放する。各員、客人に対して礼を徹底するように」

副長のメーリカ姉さんは艦橋から各部署の責任者に対して命令を出している。

俺よりもよっぽど艦長らしい態度だ。

俺は殿下に続いて第一多目的ホールに向かう。

ここには正規招待客として貴族を中心に三十名のゲストを入れていた。

あのドックの社長に急遽追加で工事してもらった貴族用のエマージェンシーシートを取り付けた部屋だ。

中に入るとそこには既に保安室長のバージニアさんが公爵たちのお世話をしていた。

殿下は保安室長に目で合図を送ると、少し大きめな声で話し始めた。

「公爵はじめ、私の招待に応じてくださった皆様にお礼を申し上げます。これより艦長が皆様をもう少しくつろげるお部屋にご案内します。そこでドリンクなどを楽しみながらもうしばらくお待ちください。それほどお待たせは致しません。では参りましょう」

そう言って俺に笑顔を向けてくる。

そういった話なら事前に打ち合わせしてほしい。

バージニアさんがそっと俺に『皆さんを士官食堂へ』と命じてくる。

ヘイヘイ、分かりましたよ。

どうせ俺の扱いなんかこんなもんでしょうね。

「では、皆さま。大変お手数ですが私に付いてきてください。なお、この部屋は開放しておきます。

簡単なお飲み物程度ならここでもご用意もできますから、いつでもお使いください。お連れの方たちとの打ち合わせなどにもご活用ください。なお、随行の方たちがいた部屋も開放しておきます。あちらもご自由にお使いください」

そう言って、みんなを士官食堂に連れて行った。

そこでは、保安要員の人たちが多数待っており、ゲストの方たちに対して飲み物を手渡している。

早速貴族政治が始まるようだ。

殿下も公爵との談笑を始めた。

俺は、全員がこの部屋に入り落ち着いたのを見計らってパーティーのメイン会場にしている後部格納庫に向かおうとしたら、バージニアさんに止められて、幾人かの貴族を紹介された。

正直俺の胃のためにも勘弁してほしい。

それほどの時間を空けずにパーティーの準備が整ったとの連絡を受け、今度は殿下自らみんなを後部格納庫へ案内している。


貴族を招いて後部格納庫でパーティーなんて、どんな罰ゲームかよと俺は思ったのだが、随行員まで入れると流石にどの多目的ホールでも収まらない。

一同に会するのならあそこしか場所はないのだが、どうしたものか。

しかし、あそこはマリアたちのいたずらで、格納される内火艇がなければただのホールにしか見えないくらいに贅沢な造りになっている。

マリアの説明では、あの豪華客船のメインホールの材料を使って内装を整えているという話だった。

なんでもレーザー兵器や少々の爆薬では歯の立たないくらい丈夫な材質でできていると聞いたのだが、殿下はその内装の造りを気に入ったようで、端からここでのパーティーを考えていたという。

周知のための行幸

確かに綺麗に作られてはいるが、ここが格納庫と知ったら公爵たち貴族連中は何と言うか正直庶民には心配の種は尽きない。

立食形式の華やかなパーティーにはなっている。

俺も殿下の希望に沿うようにあっちこっちの貴族たちと挨拶を交わしている。

その間、気になったのだが、貴族たちやその随行員の殿下を見る目に違いがありそうだ。

その多くは、殿下の道楽に付き合ってやるよといった感じの明らかに不敬になりそうな感情が見えてくる。

しかし少数ながら、明らかにおかしい感じの視線も感じる。

どう例えればいいか俺にはよく表現できないが、あえて誤解を恐れずに言うと前に対峙した海賊のしかも親分に近い感情を持っているようにしか思えない連中もいそうだ。

こんなことを殿下のお耳に入れてもいいか分からなかったので、とりあえず情報室長のジェームスさんだけには話しておいた。

「流石ですね、艦長。気が付きましたか。私もそう思いますので、マークだけは付けておきます。殿下もそのあぶり出しも兼ねているのでしょうしね」

なんだか物騒な話になったが、とりあえず今回のパーティーでは事件など起きずに済んだようだ。

どの貴族連中も本艦を案内した限りでは、その内装の豪華さを褒めてはくれたが、誰一人として軍艦とは見てくれなかったようだ。

デモンストレーションで主砲のレーザー砲を礼砲のごとく出力を落として発射したが、どうもおもちゃでも見ているような感じだった。

絶対になめているとは思ったが、殿下からもそれでお願いと事前に言われていたこともあって、デモになっていないとは思ったがそれで済ませた。

無事に四時間で殿下主催の船上パーティーは終わった。

公爵たちを全員下船させたら、俺はその場で座り込んでしまった。

非常に疲れた。

殿下に心配されたが俺はメーリカ姉さんたちに片づけを頼んで、自室で休ませてもらった。

とにかく殿下の考える広域刑事警察機構設立準備室はその仕事を始めた。

最初は国内周知のために、これから各星系を回り、挨拶をしていく。

その最初がここだっただけだ。

これは殿下の計画にはなかったようだが、結果的には良かったようだ。

何より事前に問題点などがいくつか分かったのだ。

殿下の考えでは、ここは王室のお膝元なので、官報で知らせるだけで何ら問題ないと判断していたようだが、それだけに殿下に対して敵意をむき出しにしてくる連中はいなかった。

事前の練習にはもってこいの環境だった。

ここは首都星域内だけあって殿下にとってホームだ。

アウェイでないにもかかわらず殿下の考えに賛同してくれた人は正直皆無だと思うのだが、これは殿下も分かっていたようで、何も気にはしていなかった。

それよりも、他に回る星系ではあからさまに敵意をむき出しにしてこちらに当たって来る連中もいるので注意してほしいとお言葉を貰ったくらいだった。

特に敵対する国と国境を接する星域ならば完全にアウェイだ。

しかもここには、実際にホームであるにもかかわらず殿下に敵対する輩は少数ではあるがいたのだ。

それが殿下のホームである首都星系から外れれば、殿下の事前の注意にもあったが本当に敵意むき出しで、向かってくるのも考えられる。当然、その配下である俺らにも、特に若輩の俺に対しては遠慮なく敵対してくることだろう。

先ほどのパーティーでもいくら俺に対してだって、敵意むき出しできたのだから、不敬罪に問われかねないとすら感じたくらいだ。

スタートから不安だらけだったのだが、それでも行幸は続き、一か月かかってようやく殿下の各星系訪問は終えた。

この間、事務所というよりも各部署は何もしていなかったわけではない。

最初の艦上パーティーから事務所側でも仕事を始めていた。

俺たちが移動中でも、『シュンミン』の艦内の一室にこもり、捜査室長と情報室長はしきりに本部の事務所と連絡を取り合って仕事を始めていた。

各星系でのパーティーや船上パーティーで受けた感触で怪しげな連中をマークしており、それらの中から絞り込みを情報室は行っていた。

捜査室は捜査室で、各星系内での未解決事件を中心に怪しげなものを探している。

そんななか、最初の訪問地であるニホニウムで早速つかんだ情報をもとに先週から殿下の持ち船であるクルーザーをニホニウムに派遣して捜査をしているようだ。

毎日のように艦内の捜査室長が籠る部屋にしきりに情報が送られてくる。

聞いたところでは俺らと別れたフェルマンさんの指揮で、殿下のクルーザーに捜査員を乗り込ませてニホニウムに送ったそうだ。

現在ではニホニウムにあるクルーザーを拠点に捜査員が捜査をしているという話だった。

まあいつまでも殿下のクルーザーに捜査本部を置く訳にもいかないので、近々殿下がもう一度ニホニウムを訪問して正式に協力を要請する予定だ。

流石に一か月もの行幸だったので、殿下も王宮に報告する必要があるそうで、その報告が終わり次第、ニホニウムに向かうと聞いた。

俺は殿下を下ろしてから、艦内の点検に入った。

艦橋で艦長席周辺の点検を始めているとカスミから声を掛けられた。

「艦長。お願いがあるのですがいいですか」

「お願い？　何だ⁉」

「はい、この船に捜査官や情報官をまた乗せますよね」

「ああ、そのようだな。もうじきすると今度は機動隊と呼ばれたむさくるしいのも乗るらしいが。それが何だ」

「はい、通信担当のカオリからも言われたんですが、この船って通信の使用量が半端ないんですけど。私も使いたいときに使えなくて困っています。通信設備を強化しませんか」

「そういうのはきちんと稟議《りんぎ》を上げろや。俺が見て殿下に回すから」

「わ〜。やっぱり艦長は話せるね。すぐに稟議書を作ります」

そういうとカスミは自室に走って向かった。

ここの確認はもういいのか。

大丈夫かな。

まあ、カスミは手を抜かないだろうし、何より何も戦闘行為をしていないから大丈夫か。

俺も区切りをつけて止めるか。

俺も艦長席から各種パラメータの確認を急いで終わらせて自室に戻り休んだ。

しかし、いつ来ても落ち着かないんだよなこの部屋は。

いっそのこと余っている二等客室にでも移るか。

あそこでも落ち着かないのに、本当に困ったものだ。

翌日はマキ姉ちゃんの手配で補給も無事に終わりいつでも出港できる体制が整った。

カスミからの稟議はすぐに届いたので、マキ姉ちゃんに回しておいたが、予算が見えないとの理由で一時保留となっている。

すぐにマキ姉ちゃんから社長に見積依頼を出したのは本当にすごい。

夕方になって殿下から連絡が入り、「いつ出発できるか」との問い合わせがあったので、俺の方からは「いつでも」と答えたらその一時間後に殿下がやって来た。

流石にまずくはないかとも思ったのだが、殿下の要望通りにすぐに出発した。

出発から六時間後にニホニウムの管制圏内に入った。

「殿下もうじき宇宙港に入港します」

俺は後ろで座っている殿下に報告を入れた。

「あら、そうですか。でもこの時間では役所は閉まっておりますね」

時刻は午後十時を少し回ったところだ。

午後四時前に出発したのだから普通の感覚ならずいぶん早く着いたと感じるだろう。

明日朝一番で動いてもよさそうなものなのに、何故だか殿下は急いで出発させた。

「今日は宇宙港でお休みね。このお船なら、快適ですからなんにも心配はありませんしね」

「それなら途中で時間調整をしたものですが……」

「飛んでいる間は皆さんお休みができないでしょ。だからそのまま入港してくださいね。駐機場で休んでいる間はうちの保安員だけで大丈夫でしょ」

「いえ、流石にそれは。停泊中ですから最低限の人間だけは仕事につきます。特に、艦橋や機関室などには当直を置きます。しかし、殿下のご配慮に感謝いたします。停泊中と運航中とでは当直の数に雲泥の差が出ますから、慣れない我々にとっては非常に助かります」

「ならよかったです、艦長。明日からはしばらく私はこの船を降りますから艦長の自由にしてください」

「ええ、分かりました。情報室や捜査室からの依頼もありますので、明後日から数日付近の探査を行います。ニホニウムの関係機関には訓練と申請しておきます」

「早速、このお船の実力が試されますね。私は明日からはここにあるクルーザーにおりますね。何かあれば連絡ください」

「了解しました」

「では私は休ませてもらいますね。おやすみなさい、艦長」

「お休みなさい、殿下」

殿下は俺に挨拶をすると自室に戻っていった。

いったい何だったのだろうと疑問に思っていたら保安室長のバージニアさんが教えてくれた。

「今日中に首都を離れないと当分出られなくなりそうでしたので慌てて出発してもらいました。

本当にこちらの都合でしたが艦長には感謝しております」

「スタンレー室長。事情を教えてもらい感謝しております。まあ、知らなくても殿下の指示には従いますが、正直疑問に思っておりましたから。これで今日はすっきりと寝ることができます。私も自室に戻ります。おやすみなさい、スタンレー室長」

俺はそう言って艦長室に入っていった。

翌日は簡単な点検の他には艦での予定はない。

俺はカスミを連れてドックに向かった。

ドックでマークの父親と

俺らはつい最近も使った公共の交通機関である列車を使ってドックに向かった。

前に使った時とは逆のルートであるためか、時間的には通勤通学の時間をずれてはいるが、それでも乗り込んだ列車はわりと混んでいた。

俺らの使っている宇宙港は官民共用の宇宙港で、俺らと同じ方向の工業団地に向けて移動している民間利用のビジネスマンが多くいるように感じた。

流石に方向も逆だし、時間的にも違うので、今回はテッちゃんとは遭遇しなかった。

もし、テッちゃんと望まない形で遭遇でもしようものなら、マキ姉ちゃんとの時でもいろいろと問題がありそうなのに、カスミと一緒だと想像しただけでも恐ろしくなる。

冷静でいられる自信がない。

幸いというか、当たり前というかは別として、何事もなくお世話になっているドックについた。

ドックの事務所に入ると俺は事務員たちに声を掛けた。

「こんにちは。社長いますか」

事務所の専務が俺たちを出迎えてくれた。

「あ、艦長。悪いね、親父は今来客中だ。俺で分かるようなことなら話を聞くが、どうするね。少し待つかね」

俺よりも遅れて事務所に入ってきたカスミは俺と専務とのやり取りを無視するかのように大声で社長を呼んでいた。

「親方、いますか〜。カスミです」

社長は応接で、対応中だったようだが、カスミの大声は聞こえたようで応接から、これも大声で声を掛けてきた。

「ちょうど良かった、いいからこっちに入れ」

俺と専務は顔を見合わせた。

「大丈夫ですかね」

「ああ、親父が言うんだから行った方がいいよ」

「ありがとうございます。中に入ります」

二人でそんな会話をした後に応接室に入っていった。

それにしてもここはかなりぼろい造りで、大声で話せば簡単に聞こえてしまう。

俺らに準備してくれた事務所は解体船から船室を取り出したものなので、機密性は万全な筈なのに、自分たちで使う事務所には本当に古い建物をそのまま利用している。

ドーフ人の価値観がよく分からないと思いながら案内されて応接室に入っていった。

「あ、素敵な人がいますよ、艦長」

カスミが一番に俺に声を掛けてくる。

早速ジャイーンを見つけてカスミが騒いでいた。

やっぱりこいつは爆ぜるべき野郎だ。

応接室で、社長と対面して座っている二人の内一人は俺のよく知るジャイーンだった。

もう一人は見覚えがあるのだが、思い出せない。

いったい誰だろう。

「ちょうど良かった。あ、艦長もいたのか、これは手間が省けたな」

「手間ですか？」

「ああ、そこの人がお前さんを紹介してほしいと言ってきたんだ。この人はマーク坊ちゃんのお父さんでもあり、俺の親友でもあるコロナ・キャスベルだ」

見覚えがある筈だ。会ったことはないが、マークの父親か。似ている筈だ。

「おい、グスタフ。この人がそうか」

「ああ、あの艦の艦長で、名前はえ～～と」

この人、俺の名前を憶えていないよ。

無理ないか。

大抵あんちゃんで通していたからな。

俺も社長の名前を知らなかったしな。

始めて聞いたよ社長の名前。

グスタフさんというのか。

いつまで覚えていられるか分からないが覚えておこう。

「初めまして。航宙駆逐艦『シュンミン』の艦長をしておりますナオ・ブルースです。その節はご子息のマーク准尉を通して私どものご無理を聞いていただき感謝しております」

「え？　あ、それではあの時の……息子とはしばらく会っていなくてね、元気にしていたかな」

「私もお電話の時以来会っておりません。普通なら同じ職場で研修中なのでしょうが、何分いろいろとあり、あの艦を任されております」

「堅苦しい挨拶はいいから座れや、あんちゃん。それよりもカスミ」

「何です、親方」

「今日は、マリアはいないのか」

「准尉は当直ですので、艦を出られませんでした」

このドーフ人社長はとにかく豪快な人で、どんどん話をしていく。

俺はマークの父親に、あの時のお礼を座ってからも伝え、社長を介さずに話を始めた。

「私に会いたいとか。何か御用でしょうか」

「いや、先月のパーティーで、うちで研修中のジャイーン君が君と知り合いだったと分かってね。とにかく顔だけでも繋いでおこうかと思ったんだよ。まさか息子と知り合いだったとはね。君は知っていたかね」

話を急に飛ばされたジャイーンは何が何だか分からないといった顔をしている。

そりゃそうだ。

なにせ俺がここを飛び出してからの知り合いなのだから。

でも同じ上流階級に属しているので、マークのことは知っているようだ。

「マークさんは存じておりますし、ナオ艦長もそれこそ幼いころから知っております。学校が同じだったもので」

そこで、俺が簡単に説明しておいた。

俺がブルース孤児院出身であることとエリート士官養成校の出身だったことを。

マークとの付き合いはその士官学校からだということも説明しておいた。

そこからは俺はマークの父親と、ここでの件でいろいろと話をしていく。

技術的なことが多く、置いていかれたジャイーンは俺の連れのカスミをナンパし始めた。

いや、ナンパでなく、只手持ち無沙汰なので、カスミに話しかけただけだ。

本当は俺についての情報を集めるために社長やカスミに話を聞いているようだった。

俺の艦長ぶりについてはあまり話さないでほしかったが、今はコロナ専務と会話中だったので、何もできない。

俺はコロナ専務との話し合いで、航宙魚雷についていろいろと話し合った。

今はいい。

今後どうするかだ。

まだ在庫は沢山あるが、艦載機にも載せるとあってはすぐに使い切らないとも限らない。

しかし俺らのためだけに新たにラインを作れる訳もなく、キャスベル工廠で扱う廃棄船や廃棄武装などから航宙魚雷をこちらに回してもらえることになった。

殿下は隣に敷地を確保して、その魚雷の備蓄も進めるようだったので、その話もしておいた。

ここの社長と友人関係を持つだけあって、とにかく話が早くて助かる。

俺らの話も終わった時に社長が俺に聞いてきた。

「で、今日は何の用事だ。マキ主任から来た見積もりの件か」

「ええ、その件もあります。それに艦載機の件ですが、あの武装についてうちのマリアが関わっていると聞いて心配になりましてね」

「ああ、あの件か。大丈夫だぞ。武装については研究所の何とかといった主任だっけか、あいつの指示だ。殿下の承認も得ているぞ」

「え？　で、何でうちのマリアが……」

「あの主任とかなり親し気に話していたから、あれはマリアの提案だな。流石に朝顔は艦載機に乗せられないから、俺も一緒にマリアのひまわりの改良を手伝ったよ」

そういうことか。

頭が痛くなることを聞いた気がする。

いったいいつ殿下の承認まで取り付けた……あ、サーダー主任か
そうか、サーダー主任がまんまとマリアの提案に乗って殿下に承認を取り付けたんだな。

そんな細かいことまで普通王室は絡まないから『良きにはからえ』か。

それに、ここなら予算面でも何ら心配ないしな。

工数を算出して請求を掛ければ話は別かもしれないが、マリアのことだ、他の仕事中でも遊んでいただろうしな。

俺もそれを放置していたから、実質マリアは趣味に走ったという訳だ。

本当にここは油断できない。

俺が一番の懸案事項について片が付いたと思った時に社長が俺に聞いてくる。

「無線機な。掘り出し物があるんだが、ちょっと問題があってな。カスミ、お前ロックは外せるか」

社長が言ってきたのはかなり大出力で高性能の無線機の話だ。

星間無線もできるタイプで暗号ユニットは別のものだが、当然情報をやり取りするので、セキュリティは万全だ。

今回の物がジャンク品でも、ほぼ新品の物があるそうだが、誰もセキュリティロックの外し方を知らないという話だ。

「見てみないと分からないよ、親方」

「それは困ったな。うちでそのジャンク品を買ってもいいが、使えないとな……」

「なら、それをうちで買おう。うちの研究所で、市場調査の名目で購入しよう。セキュリティロック解除についてはうちでも挑戦してみるが、協力してくれるのだろう、艦長」

「ええ、そんな冒険しても……」

「市場調査はきちんとした仕事だよ。何よりセキュリティロックの調査は重要だ。ロックが外れたら、うちは要らないしね。その時にはここにジャンク品をここで処分してもらうよ」

「おお、それ良いな。流石コロナだ。話が早くて助かるよ。それでいいな、あんちゃん。そん時はカスミ、手伝えよ。マリアも寄こしな」

「ええ、マリアはあまり得意じゃないよ。艦長がよければカオリを連れて来る。カオリはそういうのも好きだから、かなり強力な助っ人になるよ」

「あんちゃん。それで決まりだ。こうしちゃいられない。すぐに手配しよう。それでいいなコロナ」

「いいけど……」

「いつまでこの星にいるんだ、あんちゃんたちは」

「明日から三～四日ほど近くをうろつくよ。訓練ですからね。でも、その後は未定ですね」

「そんだけあれば用意できるな。また寄ってくれ」

勝手にどんどん話を進めていく社長は相変わらずだ。

俺らはいつの間にか追い出されるように外に出された。

それはコロナ専務やジャイーンも同じだった。

ドック事務所の外でコロナ専務たちと別れた。

彼らは高級車でここに来ていたようだ。

乗せていくと誘われたが、一応ここは断った。

殿下のホーム扱いであるニホニウムとはいえ、状況のよく分かっていない俺が特定な有力者と仲良くなっているのを知られる訳にはいかないだろう。

まあ、このドックの関係者なので今更なのだが、一応用心はしていますの格好は付けておく。

そうでなくともこんな若造が座乗艦の艦長というお役目を負っているのだ。

知らないところで相当にねたまれている筈だ。

まえにフェルマンさんにそう教えてもらった。

俺は昼近くになっていたこともあって、工業団地内にある食堂に寄ってから宇宙港に戻った。

ナオに嫉妬するジャイーン

ドックの応接室でジャイーンは、カスミがナオのことを楽しそうに話すのを聞いて複雑な思いを抱いている。

また、ナオがここの社長ともかなり親しげな様子に驚いてもいた。

ジャイーンは一人焦りを感じていることを自覚していた。

ナオが大学に落ちてこの星を離れた時から、なんで王室座乗艦の艦長にまでなったか。

社会に出てから一年と掛かっていない筈なのにこれほどの差ができるものかと驚きとともに羨望や妬みのような感情が湧いてきている。

ジャイーンはまだ学生の身だ。

卒業したって、いきなり事業を任される筈もなく、また、自分で事業を起こすこともできない。

ナオとの差が今がより一層開いていくように感じてしまっていた。

なんで、部下にこれほど信頼され、尊敬?? されているのか。

あのナオが何故そんなことができるのか分からない。

どちらかというとあいつは人見知りする性格だった筈だったのに。

そんな感情が生まれてくるのをジャイーンは只々驚いていた。

ジャイーンはいくつかの点で重大な勘違いをしているのだが、心の中の声は誰も聞けない。

もし、ナオがその心の中の声を聞いたなら、すぐにでも訂正しただろう。

まず、部下たちはナオに対して尊敬はしていない。

なにせその部下たちに絞殺されかけたくらいだから。

ただ、普通の上官と違ってよく話を聞くし、自分らをよく理解してくれるので、好感度は高いだけだ。そのことを誰も教えてくれないので、ジャイーンは本当に焦りだしていた。

ジャイーンは先月の公爵家のパーティーに随行員として中に入ることを許されたのだが、ナオのおかげで、殿下のお目通りがかなったことになる。

表現が妥当かどうかは置いておいてほしい。

要は、コネが命のような貴族社会において殿下と話ができるというだけでそれなりに力を得る。

ジャイーンも同様で、キャスベル工廠の社長は現場にいたから遠目で見ていたのだろう。

その後社内で話題になっていった。

どういう経緯で殿下と親し気に話せたのかと盛んに訊かれた。

ジャイーンは正直に幼馴染のナオが殿下の座乗艦の艦長であることと、そのナオを呼びに来た殿下に挨拶されたことを訊かれるたびに話していた。

マークの父親のコロナ専務もその話を聞いていた。

ちょうどそんな折に再び殿下がニホニウムに来たという情報を掴んだ彼は殿下の座乗艦の艦長と話をするためにジャイーンを連れて友人のドックに向かったのである。

殿下が今使っている艦はそのドックで改造されたことは知っていたが、普通ドックの社長とは言え、座乗艦の艦長と面識などできない。

そもそも王室の座乗艦というものは、この国では第一第二の艦隊の旗艦だけで、その旗艦艦長は一般的な艦長である大佐や准将よりも更に上位の最低でも少将クラスのかなりの高官である。

そんな人が解体屋の社長なんかと面識などできないのが普通だ。

ナオたちも基本のやり取りはマキ主任のように事務員が行っていたのだ。

コロナ専務が第三王女殿下の座乗艦艦長との顔つなぎのためにそのか細い伝手《つて》を使おうとジャイ

ーンを連れてドックに来て、事務員か乗組員にジャイーンから艦長宛ての伝言を頼むつもりでいたのだ。

まさか、ドックの社長とナオがあそこまで親しげだったとはコロナ専務も知らなかったようだ。

なので、今回ジャイーンは完全におまけの扱いになってしまった。

当然その扱いはジャイーン本人も知ることになるし、かなり悔しい思いもした。


実習先での仕事を終えて、ジャイーンは彼の愛人たちと会っていた。

今回は落ち込んでいたので、憂さを晴らすというよりも慰めてもらいたいという気持ちがあった。

お酒を飲みながら彼の愛人たちと話していた。

「どうしましたか、ジャイーンさん」

「今日は何か変ですね」

「お仕事で何かありましたか」

愛人たちがジャイーンを心配して声を掛けてくる。

「今日、専務と同行してナオに会った」

ナオのことを知らないモデルのワーンなどは、ジャイーンが大手企業の専務と同行して仕事をするなんて凄いと思ったのか、そのことに感心の声を上げていた。

「え、キャスベル工廠の専務さんと同行してお仕事を。凄いですね」

しかし、ナオのことを直接知る愛人たちは少なからず驚いていた。

「え、ナオさんってテツリーヌさんのお友達だった」

「先輩、あの時手ひどくテツリーヌ先輩が振った人ですよ。泣きながら走っていったんでよく覚えていますよ」

ナオの先輩や後輩の二人は純粋にジャイーンとナオとの思わぬ再会を驚いていたようだが、肝心のテツリーヌは別のことに驚いていた。

何で、軍人となったと聞いているナオが、それも大手企業の専務に直接会えるのだということを。

彼女は彼女なりに成り上がろうと必死なので、そういうコネクションについても敏感に反応する。

「え、ナオ君って軍人だったよね」

「ああ、みんなに話していなかったか。先月俺が公爵家のパーティーで第三王女殿下にお会いしたことを」

「あれ、聞いたような気がしますね。殿下にお声を掛けられたといっていませんでしたか」

「ああ、なぜ俺のようにパーティー参加資格のない者が殿下に声を掛けられたのかは言っていなかったな。あの時にナオに再会していたんだよ」

「ええ〜〜、公爵家のパーティーに何で軍人になったナオさんが参加しているんですか」

これにはナオを直接知る女性たちが驚いていた。

「ああ、俺も驚いたよ。俺が殿下に声を掛けられたのも殿下がナオを呼びに来たんだからな。俺はそのついでに声を掛けられただけだ」

もう完全に固まる女性たち。

辛うじてテツリーヌが聞いてきた。

「なんで、殿下がナオ君を探しに来たんですか？　ジャイーンさんはその理由を聞いていますか」

「ああ、今日専務と同行したのもそのナオを紹介するためだったんだよ。あいつは今、王宮に出向している。あの時の殿下の説明だと広域刑事警察機構設立準備室なる組織ができて、ナオはその組織で殿下がお乗りになる座乗艦の艦長だそうだ。胸には勲章と軍の中尉を示す階級章が付いていたな。あいつは軍でも中尉の士官だ。俺が学生だというのに、いったい何をやればそこまで行けるんだよ」

「でも、ナオさんが偉くなったのは先月知っていたのでしょう。今日は何があったのですか？」

「ああ、今日専務と同行して、子会社の解体屋に出向いたんだが、そこの社長は専務と友人関係だったんだ。その社長の伝手を使用して殿下の座乗艦に連絡を取ってナオと専務を会わせる手はずだったんだが、ナオが直接ドックに来ていたんだ。しかも、そこの社長とはかなりの仲だったんで、俺は要らなかったんだよ。ナオは少なくともキャスベル工廠では重要人物だ。しかし、俺は……」

「まだジャイーンさんはスタートラインにも立っていませんよ。焦る必要はないのでは……」

「ああ、俺もそう思う、思うが、あいつは凄い。今日、ナオと一緒にあいつの部下もいたんで話を聞いたが、本当にナオに対して尊敬しているようだった。完全にナオは部下を自分の配下に置いている。いったいいつそんなスキルを身に着けたんだ、あいつは」

「軍隊では階級が物を言うのでは」

「俺は幼少より人を見る目を養うように言われて育った。だから何となくだが分かるものもある。

ナオの部下はナオの階級や役職に従っている訳ではなさそうだということを。完全に心服させているようだった。それが俺にとってショックだった。あいつは俺と同じ年だ。なのに……」

ジャイーンの話を聞いたテツリーヌも急に今まで味わったことのない感情になった。

焦りのような嫉妬のような。

大学を落ちて先のなかった筈のナオが、順調にエリート街道を走っているジャイーンよりも出世していることに驚いていた。

その日のテツリーヌはジャイーンを慰めながらも自身の気持ちも落ち着かせていた。

その日のジャイーンは自身の盛大な勘違いで相当に落ち込んでいた。

美人の愛人たちに慰められながらその日は過ぎていった。


ナオがこのことを知ったら、完全な間違いについて、何を誤解して良い思いをしているんだと、リア充は盛大に爆ぜろと言ったことだろう。

人というものは見えている部分でしか判断できないから、時として盛大に勘違いをしてしまう。

今回のケースがまさにそれだ。

ナオの基本姿勢は自殺を試みた時から何ら変わっていない。

軍への入隊だって、殉職するためであり、出世には一切の興味も欲もない。

そのために今回のような勘違いが生まれたのだろう。

殉職までの腰掛けの職場なら、できるだけ波風を立てない方が楽に生きられる。

流石にルールを大幅に逸脱して軍から放り出されるのは困りものだが、そうでなく自身の裁量が許す限りみんなが楽なように取り図っているだけなのだ。

これが部下から見たら、話の分かる上司で、自分たちにどんどん裁量を任せてくれる懐の大きな人に映ったのだろう。

しかも危機に際して毅然とした指揮を執る。

鹵獲したばかりの船で敵に突撃をする作戦を取れるだろうか。

しかも自身が最後まで残って、かつ、部下を生かすような配慮までしてだ。

こんなことをされれば大抵の人は心酔していく。

まさか誰一人として思い浮かばないだろう。

全ては彼の中二病から始まったことなど誰も知らないのだから。

本当にナオの場合、大幅な勘違いがそこら中にはびこり、今日のような状況を作り出している。

そんなナオの正体が周りに知れたらどんな反応が返ってくるのか。

実際には誰もナオを正しく把握していないのでありえないことだが、もしあるならば面白いことになるだろう。

第五章　準備室　始動する

殿下からの初命令

俺はカスミに工業団地で昼食を奢ってから宇宙港の自艦に戻った。

戻って早々に拠点を自分のクルーザーに移していた殿下からの伝言を当直していたマリアから聞いた。

「艦長。殿下が相談したいことがあるのでクルーザーに来てほしいそうです」

「クルーザーって、隣に止めてあるやつか。正直初めての訪問になるな、あの船には。船長とは面識があるのが救いか。厄介ごとでなければいいが、どうなることかな。とりあえず、出かけてくるわ」

「行ってらっしゃい、艦長」

俺は一つ下の階のロビーからチューブを使って一旦船外に出てから隣に泊めてある殿下のクルーザーに向かった。

殿下のクルーザーは『シュンミン』とほぼ同じサイズの豪華クルーザーである。

正確には若干小さめで、武装についてはほぼ丸腰。

『シュンミン』の左右にあるパルサー砲と同じものが辛うじて前後に一門づつある程度の船で、当然船内には武装関連の施設はほとんどない。

全てが居住者である殿下やそのお客様が快適に過ごせるための施設であふれた船だ。

俺の艦もそうだが、殿下の船までもかなり厳重に警護されており、地元の警察官に胡乱《うろん》げな目を向けられながら大した距離もない隣のゲートに向かった。

確かに俺のような若造が、さも偉そうに制服を着て殿下のクルーザーに向かって一人で歩いていたら怪しさ満点だ。

それもあってこの制服は好きになれない。

まるで子供のコスプレのように周りには見えていることだろう。

殿下のクルーザーの前では殿下直属の『百合の園』の部隊員が警護していた。

彼女は、昨日まで俺の艦にいた子なので、何ら問題なくフォード船長に俺の来船を伝えてくれた。

流石に無条件には乗船させてはくれないらしい。

これも様式美のようなものか。

本当に面倒くさいし、何より俺には絶対になじめない慣習だ。

だいたい、俺の初仕事からして、乗艦は後部ハッチから勝手に歩いて入るのが普通だった。

後部ハッチの傍には格納庫も含めて誰かしら作業していたから、彼らが一応のセキュリティを担当していたことになっていたのだろう。

しかし、あいつらは絶対に乗り込んでくる人の確認などしていなかった筈だ。

それもそれで大丈夫かと言いたいところもあるが、なにせ要らない子を集めた艦なのだからということで、全てが片付くし、何より楽なことこの上ない。

俺の艦でも、せめて殿下が来艦していない時にはもう少しセキュリティレベルを下げてくれないかな。

俺がそんなくだらないことを考えていたら、先の女性がフォード船長を連れて来た。

「ナオ艦長。よくいらっしゃいました。ナオ艦長の来船を許可します。殿下のところまでご案内いたします」

フォード船長直々に案内してくれるらしい。

搭乗ゲートからロビーを通り、殿下の部屋までフォード船長と歩いて向かう。

途中王室警護隊やら保安要員の『百合の園』の女性たちが警護している。

この船も豪華に造られており、調度品に至ってはいくら掛けているんだというくらいに高価そうな美術品であふれている。

しかし、内装については少々物足りなく感じている。

俺の艦の方が豪華でないか。

そんな疑問を感じながら殿下の部屋の前についた。

フォード船長がドアをノックして中に入る。

部屋の広さはともかく、地味な感じに俺は驚いていた。

調度品の一つ一つの物は良さそうだが、それでも会社の威信をかけた豪華客船には敵わなかったのだろうか。

これが国王や皇太子などでは違うのだろうが、王女殿下だとこんな感じか。

それだけに俺の『シュンミン』のあまりのでたらめさが余計に目立つ。

だって、俺の艦長室より、殿下の部屋の方が地味に見えるくらいだから、マリアたちのやりすぎに今更ながら頭が痛くなる。

「艦長、驚いたでしょう。『シュンミン』の方が遥かに豪華な造りよね。でも私はここも気に入ってますの。あ、誤解しないでくださいね。『シュンミン』のあのお部屋は本当に快適で、大好きなのは変わりありませんから。それよりもお仕事を始めましょうか。こちらにお座りください」

と殿下が応接に俺を招いた。

すぐに殿下付きのマーガレットさんがお茶を用意してくる。

殿下はお茶を一口飲んでから、話を始めた。

「明日からの訓練ですが、かねてからの計画通りに情報室からの依頼をお願いしますね」

そう、俺はここに来る前に情報室長から一つの依頼を受けていた。

首都星域と隣のレニウムに向かうには商用の航路がきちんと整備されているが、それ以外にも隠れた航路があるらしいというのだ。

表現があやふやなのは、あくまで噂の域を出ていないから。

情報室で掴んだ話によると、噂の航路はいわゆるアウトローご用達で、かなりやばい物を運ぶ航路として機能しているとか。

更に厄介なのは、この航路上にそのアウトローを狙う海賊までいるとかいないとか。

まあ、海賊や密輸業者などの連中がどうなろうとも構わないが、国の治安を乱すようなものを運ばれてはかなわない。

当然、国の情報部などを通してしかるべき組織には注意喚起は行っているが、そこまでだ。

星域を跨ぐので、コーストガードでは興味すら持たずに放置されている。

軍は軍で、一つにはコーストガードに遠慮もあるだろうが実情としては自分らの功績に繋がりにくいパトロールなどしたくないという理由で、これまた放置されている。

それでいて、いろいろと厄介な武器や薬などが運ばれて、ここニホニウムやレニウムでは治安が悪化し始めているとか。

地元警察も実は警戒を始めているが、宇宙のことになると、証拠でも掴まない限りお手上げの状態が続いている。

それなのだろうか、先のパーティーを通して、警察関係者からの依頼を受けた捜査室長がうちの情報室長に依頼して、情報室がかなり詳しく調べていた。

その成果を元に俺に航路調査の依頼が入った。

それで、今日は俺の所属する組織の長である殿下から正式に命令が下されたわけだ。

さらに殿下は本日まで調べ上げられた最新の情報も俺に渡してくる。

「分かりました。最善の努力をいたします」

俺の返事が情けないという人もいるだろうが、これは俺の正直な気持ちの表れだ。

広い宇宙で、ただでさえレーダーもあまり役に立たない場所での調査だ。

広い畑の中に落とした針を探すよりも難しいことは殿下も理解している。

「あと、もう一つお仕事をお願いしないといけないのよ」

「仕事ですか」

「そう、やっと、準備の遅れていた機動隊が準備できたのよ。彼らの宇宙空間での訓練もお願いね。調査を優先してくれて構わないけど、彼らを乗せて訓練にも協力してください。これは準備室長としての命令です」

「機動隊訓練の件、拝命いたしました」

その後、機動隊について殿下と話し合った。

今回はアイス隊長率いる機動隊の初仕事といった感じで、とにかく宇宙船に慣れてもらうことに重点が置かれている。

通常航行中の生活に慣れてもらうのが目的なので、とにかく同行させればいいだけだ。

機動隊員の面倒は全てアイス隊長が責任を持つし、保安要員も手伝うから俺の負担は何もなかった。

一応、艦内では権限の最上位者は俺になるという話だ。

大丈夫か俺で？　まあ何事もないことを祈ろう。

これから実際には海賊船に突入などもあるだろう。

その時の基本方針は捜査室長に命令権があるそうだが、今回は訓練なので俺が仕切ることになるらしい。

年齢的にも経験的にも明らかに場違いなことだが、殿下の説明ではお客様といった感じで構わないそうだから、この時は俺も大して気にしていなかった。この時、後であんな目に遭うとは思ってもみなかった。

それにしても、その時に悟ったことだが、俺は絶対にトラブル体質なのだろう。

いや、俺ではない。

マリアかケイトがいるからトラブルに巻き込まれる筈だ。

とにかく、俺らは誰が原因かは分からないが、とにかくトラブルに好かれていることが判明したと俺は考える。

初仕事に向けて出港

俺は殿下と別れてクルーザーを降りたら、既に搭乗ゲート前にアイス隊長が機動隊員三十名を率いて待っていた。

今日の民間の船で着いたらしい。

「ナオ艦長。今回はお世話になります」

「あ、アイス隊長。殿下から聞いております。すぐに艦に案内します。お部屋はどうしましょうか」

「部屋ですか？　何故ですか」

「え、今回三日の予定で宇宙に出ますが、お休みになる部屋についてです。あの艦やたらに豪華な部屋を作ったやつがおりまして、正直皆さんには評判がよろしくないのですよ」

「ええ、聞いております。しかし、その心配は無用です」

「え？　無用とは……」

「ええ、今回は訓練です。これからのことを考えて、待機場所にて過ごそうかと。できればブリーフィングできる場所があれば」

「分かりました。多目的ルームをご用意しましょう。とにかく皆さんをこちらに。船に入ってから説明します」

俺はそう言ってから機動隊員三十名を連れて『シュンミン』に入っていった。


とりあえず全員を後部格納庫に案内して説明しておいた。

「ここに皆さんがこれから使う内火艇を収容することになります」

まだ内火艇の準備が整っていないので何もない格納庫で説明をしておいた。

あの機動隊員は以前に俺らが担当していた臨検に近い仕事をする人たちだ。

いや、臨検というような生易しい話ではない。

明らかに敵と判断される船に向かって突入していく人たちなのだ。

俺は艦内の案内をマリアに任せて艦橋に向かった。

艦橋では明日の出航に備えていろいろと確認作業をしている。

副長のメーリカ姉さんを捕まえて、ルートなど相談する。

艦長席に備え付けられているモニター上にこの宙域図をだして、情報室から貰った情報を調べながら調査の計画を立てていく。

その際に、アイス室長率いる機動隊員の訓練についても話しておく。

「艦長。その機動隊員って船外活動はするのですか」

「え？　知らないよ。でも実際に仕事になったら必要になるよね。だって俺らですらそれで突入したしね」

「そうですね。急ぎではないでしょうが一度話し合う必要がありそうですね」

「夕食にでも招待して話そうか」

メーリカ姉さんとの話し合いはそんな感じで済んで、俺は夕食まで自室で過ごした。

前のように艦の事前確認はしなくてもいいそうだ。

というより止めてくれと苦情があっちこっちから入ったので、俺は大人しくしている。

この艦に限って俺の存在って要らなくないかな。

夕食の時に士官を全員集め、アイス隊長に紹介しておいた。

流石に宇宙では全員集めることができないからね。

自勢力圏内で停泊中なら、下士官に当直を任せることもできるが、宇宙にいる最中はね。

ここは軍でもなければコーストガードでもないのでそういった決まりはないが、一応一般的な常識として俺は軍の考えを踏襲している。

客船だって、艦橋には絶えず航海士がいることになっているしね。

食事中にアイス隊長率いる機動隊の訓練についても話し合った。

メーリカ姉さんの質問のあった船外活動についても、彼らは全くの素人ではなかった。

いや、いろんな職場から引き抜かれた強者《つわもの》たちばかりで、一応の訓練は受けている。

しかし、ここに集った者たちでの連携した訓練はできていないということなので、途中で船外活動の訓練も入れることになった。

アイス隊長の提案もあり、案内人が使っているパーソナルムーバーを使っての突入訓練もできたらしたいということで、急遽人数分のパーソナルムーバーを用意した。

元々二十近くはあったので、殿下のクルーザーからも借りてきてとりあえず数はそろえた。

実際に訓練に適した場所があればいいが。

俺の考えでは、途中にある小惑星帯の中の小惑星を使えば訓練できると思っている。

どうせこの小惑星帯は実際に行って調査したいとも思っていた場所だ。

レーダーも使えず見通せる距離も短いとあっては悪人たちの格好の巣籠り場所になる。

艦載機が使えればもう少し調査も捗《はかど》ることが考えられるが、例の艦載機は使えるようになるまでにもう少し時間がかかる。

一番のネックはパイロットだ。

引き抜き元の『アッケシ』の艦長が決まらないと人を動かせないという話だ。

ないものを強請《ねだ》ってもどうしようもない。

それに今回は地元警察の依頼で動いてはいるが、訓練と言ってニホニウムを出るのだ。

そう、これは訓練だ。

俺の中では悪人ご用達の航路発見という成果など端から期待していない。

今回は調査訓練でもある。

夕食時に俺は『シュンミン』所属の士官と、機動隊の隊長、班長達と顔合わせを行った。

尤も俺のところの士官は副長のメーリカ姉さんを除くとマリアとケイトしかいない。

向こうの方はアイス隊長の他に副隊長に、三人の班長まで紹介された。

三十人しかいないのに部下を管理監督できる人の数に俺は正直羨ましかった。

とりあえず今回の訓練計画として、途中にある小惑星帯で機動隊にパーソナルムーバーを使っての突入訓練を提案してみた。

なにせ急ごしらえとはいえ、全員分のムーバーも用意したのだ。

せっかくなら使いたい。

アイス隊長も俺の提案に喜んで応じてくれ、二人でかなり盛り上がってしまった。

結局のところ適当な小惑星を見つけたら、そこを対象に『シュンミン』全体で、共同訓練をすることになった。

俺は副長のメーリカ姉さんに全員に通達してもらいその日を終えた。

翌朝早くに、俺らはニホニウムの宇宙港を出発した。

出港から三時間。

この間の通常航行の速さもあって、何もない空間にまで来ている。

「艦長。もうじきはぐれが認識できますがどうしますか」

「はぐれ?? 何だ、そのはぐれって」

「はぐれと言えばはぐれですよ。小惑星帯からはぐれた小惑星のことですよ。あと三十分もすれば本艦のレーダーで捉えられますが、そこで訓練しますか」

「そうだな。何かやらかして他に迷惑をかけるわけもないし、どうだろうか、副長」

「そうですね、本艦で初めての実践訓練ですし、ちょうどよい場所ではないでしょうか」

「そういうことなら訓練しよう」

「通達しますか」

「初めてだし通達しておこう。副長、よろしく頼む」

「了解しました、艦長。全艦放送だ、通信士」

「はい、副長。全艦に放送します」

「艦長より通達。この後、全艦での戦闘訓練を行う。各自準備されたし」

艦橋の空気に緊張感が加わった。

そういえばこの艦になってからこんなのは初めてだ。

良いものだな、この空気感は。

俺も本当の軍人になったものだと感じている。

そういえば、前に海賊と対面した時には感じなかった緊張感。

あの時には只々殉職することだけ、部下を巻き込まずに殉職することだけを考えていたから、余裕がなかったかもしれない。

あの時の状況をもし第三者の目から見たら、それは余裕が無いというより自己陶酔、そう自分に酔って自分の姿しか見えないが、当然俺には分かっていなかった。

だから、部下であるメーリカ姉さんにあっさりと無視されたのだろう。

そんな自分の感傷を破るような声がカスミから発せられた。

「艦長。はぐれの小惑星をレーダーが捉えました。レーダー圏内に入ります」

カスミからの報告を受けて、かねてから計画していた訓練に入る。

「副長。訓練開始だ」

「全艦に告げる。本艦の警戒レベルを準戦レベルに変更。総員起こ〜し。全乗員は当直を除き待機任務に移行されたし。繰り返す。全乗員は当直を除き待機に変更せよ」

そう、この艦は二十四時間体制で宇宙を航行しているので、全乗員の内、約三分の一は就寝している筈だ。

まずはその就寝中の乗員を起こすことから始まる。

その上で、自分の担当部署にいつでも数分以内に行ける場所で待機状態になることを要求する命令だ。

この状態ではすぐに戦闘が始まる訳ではないので、慌てる必要がない。これは、これから戦闘が始まるかもしれないから準備だけでもしておけという命令だ。

「副長。初めてだから、状況の確認だけでもしてくれ」

「はい、艦長。各班のリーダーに通告。自身の部下の状況を確認して報告せよ」

「こちら機関室。二等宙兵の三名が来ておりません」

「こちら後部魚雷発射管制、うちは一人も来ておりません」

………


………


次々に入る各部署からの報告は目を覆うばかりのものだ。

中には前の臨検小隊からの仲間で、ルーキー扱いの連中も来ていない部署もあった。

どういうことだ。

「艦長。これはちょっと……」

「ああ、ちょっとまずいな。副長。悪いが保安隊の班長を艦橋に呼んでくれないか」

暫くして保安隊の班長が艦橋に来た。

「班長。申し訳ないが、君たち保安隊だけ、訓練を中止して艦内捜索をしてくれないか。まさかとは思うが、迷子でもいないか確認をしてくれ」

「あの、艦長。私からも報告が……」

おいおい、ひょっとしてお前らもか
班長の報告は、さすがに迷子はいなかったが、艦内の当直部署が分からずに右往左往しているという話だった。

そういえばきちんと保安隊とは話し合っていなかった。

どうもそれが原因のようで、あっちこっちで右往左往しているのだそうだ。

「副長。訓練の中止を宣言してくれ」

とんでもない初訓練の結果

第一回目の全艦挙げての戦闘訓練は、訓練に入れずに終わった。

惨憺《さんたん》たるものだった。

「よかったよ。こんな状態で海賊との戦闘になったらと思うとぞっとする」

「そうですね。この後どうしますか」

「艦内のレベルを通常に戻して、各部の班長を艦長室に集めてくれ。対応を協議する」

「機動隊の訓練はどうしましょうか」

「そちらは計画通り小惑星に近づいて行う。私からアイス隊長に話しておくよ。悪いが、艦橋を頼む」

俺はそういうと、アイス隊長を探しに後部格納庫に向かった。

機動隊訓練は予定通り??　に後部格納庫からパーソナルムーバーを使って宇宙遊泳で小惑星に乗

り込む訓練を行った。

その間、我々は艦長室で、今日の反省を行っている。

保安隊の協力もあって、全体像を把握した時には頭を抱えた。

修学隊員の内、十名近くが艦内で迷子になって泣いていたそうだ。

今までの通常業務ではなかったことなのだが、初めてのことで緊張したのか、パニックになった者もいたとか。

報告を聞いたマリアはさも人ごとのようにつぶやく。

「私たちもあったよね。初めての艦で、最初の訓練なんか何にもできずに泣いていた子も沢山いたね」

「あ？　マリア、どういうことだ」

「え、艦長。私は泣かなかったよ、エッヘン！」

「そういうのを聞いたんじゃないよ。初めてってそんなものか」

俺たちの会話を聞いたメーリカ姉さんが教えてくれた。

とにかく初めての訓練は緊張するものだそうだ。

特に就学隊員のようにまだ幼さが残る兵士などに多く、混乱するものが出るのだという。

しかも、大抵の場合それでも就学隊員を数年経験した後に乗艦するもので、乗艦前に地上でしっかり訓練を積んだものでも起こると教えてくれた。

「そうですね、まだ一年目にはきつかったかもしれませんね。今までついてくれただけでも上出来の部類かと」

上出来だろうが、流石に現状ではまずかろう。

まずはその対策からだ。

何より反省しなければならないのが、見本となるべき一等宙兵でも部署に着けなかったものがいたことだ。

流石に兵器の取り扱いには問題ないレベルになっていたが、急な命令で戦闘に入れないことが判明してしまった。

まずは自分の部署まで行けるかどうか。

俺は各班のリーダーに、その訓練を命じた。

この後、艦内では各部署のリーダーが中心になって、緊急招集の訓練を行っていたので、かなり艦内は騒がしくなっていた。

「次は十時間後ですか」

カスミが俺に聞いてくる。

今のペースでいけば十時間後にはニホニウムが属するイットリウム星系の外郭にある小惑星帯に着く。

殿下からもらった最新の情報でこの辺りにも怪しげな場所があるということなので、調査をするが、その際に訓練するかと聞いてきたのだ。

「ああ、できるまで訓練しておこう。期待はしないが、訓練をしない訳にはいかないだろう。それに調査中は準戦レベルを維持しながらでないと、正直不安だよ」

機動隊ははぐれを使って二時間ばかりの訓練を終えて、各自休憩に入っている。

俺はもう一度アイス隊長のもとを訪ねて、先の不手際を詫びた。

アイス隊長は笑って許してくれたが、本当に赤っ恥をかいた。

それから小惑星帯に着くまでの時間を使って通常から準戦にレベルを変える訓練を繰り返し行った。

三回目になってやっと迷子は出なくなり、五回目になって初めてレベルの変更ができた。

「副長、時間を聞いてもいいか」

「レベルを変更してから準戦に入るまで三十四分でした」

「この後臨戦に入るまでどれくらいかかりそうかな」

「主砲やパルサー砲の試射をさせるとなると、正直分かりません。今までの訓練から考えますと二十分見てもらえれば」

「そうだね、通常レベルで敵を発見してから一時間弱で戦闘態勢が整う訳か。どう思う、副長」

「それ、答えなければいけない質問ですか、艦長」

そうだよね、頭痛いよ。

俺らは無事に小惑星帯の淵まで来ていた。

「艦長、どうしますか」

「副長、予定通りに訓練を始めてくれ。それにカスミ、ここから一時間後に攻撃出来る位置にある小惑星を見つけてくれ。それで訓練しよう」

それから四十二分後に臨戦態勢が整ったので、主砲を数発目的の小惑星に向け発射してから、機動隊員による強襲訓練を初めて行えた。

訓練開始から二時間後に機動隊員が帰還して訓練を終えた。

「よかった。無事に訓練できて」

思わず俺の口からそんな言葉が漏れた。

そこから戦時体制を解除して艦内レベルを臨戦まで落とし、付近の調査を行った。

小惑星帯に入り訓練後に殿下からの命令に従って、調査を始めた。

艦内ではほとんど先の訓練の成功でやりつくした感が漂い、ややダレた状態で五時間近く、付近の調査を行っている。

尤もこの調査、ほとんど仕事をしているのは艦橋のしかも無線や哨戒を担当している部署だけで、他はやることがない。

まあ気の利いた部署では自部門の訓練をしているところもあるが、ほとんどダレた状態で時間を過ごしていた。

まさかこの後あんなことが起こるとは誰も考えていなかった。

なにせ艦長である俺自身があくびをかみ殺すのが必死の状態での調査だ。

部下を責めるのは酷というものだ。

それは、とうとう我慢できずに俺があくびをしたところカスミに見られて冗談を言われた時だった。

現在レーダー監視と光学センサーの監視は交代して哨戒副士のバーニャ指導のもと哨戒兵のララ（一等宙兵）と二人の就学隊員（二等宙兵）が監視している。

油断していた訳ではないが、正直この段階で働いているというのが、ここ哨戒部門と通信部門、それに操艦部門だけだろう。

この三部門も艦橋勤務なので、同じ艦橋勤務の攻撃部門は緊張感なんかあったものじゃない。

そんな空気は伝染するから、どうしても注意力が散漫になるのはある意味やむを得ないことなのかもしれないが、ちょうどそんなときを狙いすましたように近くの小惑星からレーザー攻撃があった。

哨戒用コンピュータがいち早く警報を発するが、オペレーターの誰一人反応できていない。

「な、何があった」

「どうしたの、ララその席代わって」

と、待機中のカスミがすぐに哨戒用コンソールにしがみつく。

「艦長、第二波攻撃があります」

やばいってもんじゃない。

先の訓練で分かったことだが、今から臨戦態勢に入ろうにも交戦できるまで優に二十分はかかる。

どうしよう。

………

まずは現状の確認だ。

「各部被害報告。カスミ、第一波の攻撃はどうなった」

「初弾のレーザーは当艦後方を過ぎていきます。多分当艦の速度を見誤ったのでしょう艦は被弾しておりません」

「艦長、どこも被害なしです」

だとすると俺が次にしないといけないのが応戦なのだろうが、現状ではできる筈はない。

二十分も殴られっぱなしで耐えるなんてできようがない。

まだ敵さんが誰だか分からないが、こんな所でぐずぐずしてようものならいずれ攻撃も艦に当たるだろう。

応戦でもできれば話は別だが、……できないのなら逃げるか。

逃げるしかないか。

そうと決まればすぐ実行だ。

「副長、速度増速。最大以上出すぞ。十四宇宙速度で三十秒、その後十二宇宙速度にて直進だ。一旦逃げるぞ」

「は〜？」

「何している。急げ」

「ハイ、艦長。速度増速十四宇宙速度」

「速度増速了解」

「三十秒後減速、十二宇宙速度へ」

「まもなく三十秒になります」

「減速十二宇宙速度へ」

「了解」

「機関長。現状確認」

「あれくらいなら問題ないよ、艦長。前にも出しているしね」

「そうか、なら副長。次は異次元航行だ。レベル一で異次元航行へ」

「異次元航行準備。進路そのまま」

「準備完了。障害物なし、進路決定できました」

「レベル一で異次元航行へ」

「了解」

「これでひとまず安心かな。副長、艦内レベルの変更だ。すぐに臨戦態勢に」

「了解しました。艦内レベルの変更。艦内各位へ通達。準戦から臨戦に変更せよ。繰り返す、これより臨戦態勢に変更せよ」

「カスミ、悪いが付近の警戒を厳に」

「異次元航行解除後の警戒をします。レーダー検出範囲に反応なし。小惑星もありませんから奇襲の危険性はありません」

ひとまず助かったという訳か。

なら落ち着いて準備ができるな。

さあ、応戦だ

「カスミ、襲撃を受けた場所は分かるな」

「ハイ、すぐに座標を出せますが」

「副長、停船してくれ。こちらの準備が整ったら戻るぞ」

「航宙士、指定座標までの航路設定を」

「了解しました」

「カスミ、先ほど攻撃してきた敵の場所の推定はできるか」

俺はカスミと副長を艦長席まで呼んで、艦長席のパネルを使って反撃の計画を立てる。

「先ほどのレーザーの角度からして、この辺りだと思われます。方向は分かりますが、距離までは掴みきれておりません」

「そうだ、ケイトちょっと来てくれ」

今度はケイトも呼んで、反撃の計画について話した。

「いいかケイト。これから攻撃されたポイントに戻るから、敵を発見したらすぐに攻撃をするぞ」

「艦長、任せてください。しっかり攻撃してみます」

「しかし、大丈夫ですか。ほとんど奇襲のようになりますが、相手を確認せずに攻撃しても」

「相手から攻撃があったんだ。大丈夫だろう。一応、投降の勧告だけは無線でするけどそれだけでいいだろう」

「しかし心配ですね」

「ああ、心配はあるがこのまま逃げる訳にもいかないだろう。大丈夫だよな、ケイト」

「艦長も、メーリカ姉さんも心配しすぎ。大丈夫です。私に任せてください」

「余計に心配になってきたよ」

「艦長、同感です」

「艦長、艦内レベルが臨戦になりました。所要時間十八分です」

「まだ掛かりすぎはしょうがないか。副長、計画通り戻るぞ」

俺の命令で、『シュンミン』は反転して、元いた場所に向け移動を始めた。

「まもなく異次元航行に入ります」

「哨戒士、異次元から抜けたらすぐに探索を開始してくれ。通信士、こちらも同様にすぐに降伏勧告を出してくれ」

「「了解しました」」

それからすぐに異次元航行から抜け、元いた場所に戻ってきた。

この先には小惑星帯が広がっており、レーダーでの船舶探査には不向きな場所だ。

どうしても光学センサーに頼ることになるが暗い宇宙では赤外線センサーなどを利用して辛うじて見つけることができる。

これも、センサーを扱う人間の技量によって雲泥の差が出るが、今は先ほどと違い、こういったことにやたらと長けているカスミが当たっているので、先に攻撃を食らうこともなかろう。

案の定、敵より先にカスミが相手を見つけたようだ。

「艦長、発見しました。指定座標より二十三ポイント前方に赤外線反応、これは宇宙船の反応です。艦種識別は無理です」

「勧告の無線の反応はありません」

「まもなく標準主砲の射程に入ります」

「敵艦より発砲を確認。これも本艦の後ろを過ぎていきます」

「主砲の射程圏内に入りました」

「本艦も応戦せよ」

ケイトにとってこの艦での初陣だ。

やたらに張り切っているのが気になる。

次々に指示を出して、その後に『目標に向け攻撃』と命令を発した。

次の瞬間に主砲に続き、朝顔からも発砲が確認されたかと思ったら航宙魚雷も発射管全部使って魚雷が敵に向け発射された。

ちょっと待て。

これは全弾命中するなら明らかにオーバーキルだ。

魚雷の着弾が一番後になるが、下手をすると跡形もなくなるぞ。

「主砲のレーザー命中を確認。敵艦の後部に命中」

「続いて朝顔の命中を確認しました。敵艦が真っ二つに折れたようです」

「え？　敵艦が折れた？」

「ハイ、レーダー上で二つに折れるのを確認しました」

「魚雷はどうなった。敵艦が折れたなら、命中はないな」

「いえ、敵艦が動いておりませんでしたから、全弾命中の予測です」

「副長、まずいぞ。跡形もなくなるぞ」

「ケイト、魚雷に自爆シーケンスを」

「え？　自爆させるのですか」

「いいから早く。跡形もなくなると、どこから攻撃されたか分からないでしょう」

「四本全部ですか。今問合せしますね」

「何やっているの、このバカケイト。早く自爆させて」

魚雷には各々違う自爆シーケンスが登録されており、個別に艦橋から自爆させることができる。

しかし、そのシーケンスを知らなければ自爆命令を魚雷に送れない。

ケイトは魚雷発射管制室に今発射された魚雷のシーケンスを問合せしている。

しかし、その管制室でも、初めての実践だ。

一々管理していなかったので、誰もそのシーケンスを知らなかった。

「あ、魚雷命中を確認しました。敵は多分完全に破壊された模様。レーダーでの解析ではデブリし

か見つけられません」

いくら艦橋から自爆させられる機能を持っていても自爆シーケンスを知らなければ、自爆させられない。

当然発射されたすべての魚雷は目標に向かって進む。

最初のレーザー砲の攻撃で、目標の応戦能力は奪われていたようで、回避もされないので、全て命中となった。

しかも運の悪いことに、朝顔の弾丸で二つに割れた船体の前後にそれぞれ二発ずつ魚雷が命中して、目標は船の体をなしていない。

は～～、デブリとなった敵の身元が分かればいいが、どうしよう。

「艦長、敵の撃破を確認しました。どうしますか」

「どうするって、どうしよう」

「艦長、間もなくスクリーンに敵を確認できます。メインスクリーンに投影します」

カスミは淡々と自分の仕事をしている。

それで、メインスクリーンに映し出された映像には、完全にデブリとなった船の成れの果て。

分子レベルで破壊されてはいないので、何らかの痕跡はあるだろう。

「現場まで行って、デブリをできる限り回収だな。とにかく相手の素性が分からないと報告もできない。ということで、副長現場までだ」

「は、進路変更、目標座標……」

メーリカ姉さんはかつて敵がいた場所の座標を読み上げている。

普通の業務なら、何ら問題なくこなすようになっている我がクルーだが、肝心なところでいろいろとポカをやらかす。

まだ臨機応変に行動ができないので、奇襲された時など完全にお手上げなので、逃げ出してから態勢を整えたのだが、今回の場合、これも結果から言うと失敗と言えるだろう。

逃げ出す前に敵の場所をある程度捉えていたので、異次元航行に入る前に、艦内の全ての武装にすぐに発射できる準備をさせていたのが失敗の原因だ。

ケイトの奴、何も考えずに全ての武装に一斉に攻撃命令を発したのだ。

流石に意味のない護衛用の側面パルサー砲には攻撃命令を出していなかったようだが……出していたの。

ただ相手に届かなかっただけ、ああそう。

もういいわ。

事前準備も考え物だということね。

というよりも、そもそも攻撃前に相手の場所が特定できるのなんて固定目標くらいだろう。

今回が幸運だっただけの話だ。

後部格納庫に待機しているアイス機動隊長を艦橋に呼んで、事情を話した。

「早速で申し訳ありませんが、あのデブリに対して調査をお願いできますか。とにかく相手を特定できるものを探してください」

「了解しました。しかし、艦長は手加減ないですね。完膚なきまでに壊しましたね」

アイス隊長にも呆れられてしまった。

今後に課題を沢山残した初陣だったが、とにかく一人の怪我人も出なく、ある意味幸運だった。

『シュンミン』は敵のいた場所で、停船して、周りにあるデブリの回収を始めた。

アイス隊長率いる機動隊は五人ごとに分かれて周りに散っていった。

遠くのデブリから調査するというので、艦の周りについては俺らも手伝う。

「副長、就学隊員全員にパワースーツを着用させて船外に集合だ。各々のセクションリーダーに引率を命じてくれ」

「何をなさるので」

「船外活動の訓練だ。周りにあるデブリを集めさせる」

「え、でもパーソナルムーバーの数が」

「大丈夫だ。ワイヤーを本艦に繋げさせて、自分の力で目標に向かう訓練にはもってこいの環境だろう」

「そうですね」

「講師は自分たちのセクションリーダーにさせる。絶対に、宇宙では迷子にさせるな。船外に出る前にリーダーとワイヤーで繋げておけよ」

「大丈夫ですよ、艦長。みんな臨検小隊の出身ですよ。宇宙空間での経験は誰よりも積んでいますから。ルーキーだったリョウコやニーナだって十分に私が鍛えてありますから、先の訓練のような失敗はないでしょう。まあ今回は初めてですので、ラーニやカオリのような経験のある者たちを付けておきます」

「助かるよ。よろしくな。後悪いが、カスミ。付近の警戒と同時に、あいつらも注意してくれ。もし飛ばされるようなことがあればアイス隊長に頼んで保護をお願いするから」

「了解しました……が、艦長はどちらへ」

「艦橋にも就学隊員はいるだろう。そいつらの引率だ」

「え、艦長が自ら」

「お気を付けて」

艦橋にいる部下たちは俺が船外活動に行くのを気に入らないのか文句を言われる中で唯一副長のメーリカ姉さんだけが快く送り出してくれた。

「ありがとう副長、艦橋を頼むな」

俺は艦橋にいた就学隊員を連れて一つ下のロビー脇のエアロックエリアに向かった。

当然ではあるがそれぞれ全員にパワースーツに着替えることを命じてここに集合させた。

ニコイチの内火艇

一方艦橋ではマリアがメーリカに聞いていた。

「メーリカ姉さん。何で艦長を行かせたのですか」

「艦長、だいぶ退屈していましたしね。今艦長が艦橋にいても役立たないからね」

「ああ、なるほど。それじゃ私も……」

そう言って艦橋から逃げ出そうとしたマリアを寸前で止め、「あんたには仕事があるだろう」と言って仕事を命じた。

それを見ていた艦橋に居残り組は笑って自分の仕事をしている。

◇◇◇◇

それから五時間掛けてデブリの回収を終えた。

当然だが大した成果はなかった。

遺体すらまともなものはなく、今回は遺体の回収がなかっただけ心情的に良かったとすら思える。

明らかに攻撃の失敗だから、無残な遺体が沢山あったら俺の心が折れそうだ。

俺の率いた就学隊員も含めて全員事故もなく最初の宇宙空間での作業訓練は終わった。

その彼らにも遺体の回収を命じなくて本当に良かった。

いずれ機会はあるだろうが、今その機会を与えると絶対に壊れる者が出るだろう。

いずれにしても今回はまずまずの結果だと言えよう。

「艦長、この後の予定ですが」

「ああ、いったん戻ろう。この件の報告もしないといけないし、持ち帰ったデブリも一応それなりの人たちに渡して鑑定して貰わないといけないよな」

「ええ、鑑定に出す必要ないよ。あんなガラクタいくら調べても無駄だよ」

「マリア、少なくとも襲ってきた連中の船種くらいは調べないとまずいだろう」

「え、そんなのもう分かったよ。古い貨物船だよ。攻撃してきたレーザー砲の威力が大きかったので、大方大型のレーザー砲を改造して取り付けたものでしょう」

「マリアの言う通りなら敵は野良の海賊でしょうね。少なくとも菱山一家に関係する海賊ではないでしょう」

「メーリカ姉さんがそう言うのならそうなんでしょうね。まあ、その辺りも含めて一度殿下のいるニホニウムまで戻ろう。多分すぐにここに戻ることになるからこの場所はマークしておいてくれ」

俺らは一度戻ることにして、ニホニウムに帰っていった。


襲撃があってからおよそ一日かけてニホニウムの宇宙港に無事入港した。

入港後すぐにメーリカ姉さんと殿下のクルーザーに向かい殿下と面会した。

メーリカ姉さんから、今回の件を報告した後、殿下と善後策を話し合った。

「そういうことなのね。本来なら何もない所に海賊船がいたということは、あの辺りに何かあると考えているのですね」

「ハイ、野良の海賊のようでしたが、逆に資金力も装備も劣る野良がいるということは、それ以下の連中があの辺りにウロチョロしていると思われます。艦長とも話し合いましたが、あの辺りの再調査の許可を願います」

「艦長も同意見という訳ですね」

「ハイ、艦内の士官の総意を取り付けてあります」

「すぐに向かいたいのですか」

「いえ、今回の件で『シュンミン』に少々無理させてしまいましたので、三日ほど整備をした後に再調査に向かいたいと考えております」

「それは良かった。再調査は許可します。今度も機動隊の同行を命じます」

「ハイ、私もそのお願いをしたく思っておりましたから、殿下の判断に感謝します」

「それと、艦長に嬉しい報告があるの」

「嬉しい報告ですか」

「艦長でなく機動隊の方に対してかしら。武装内火艇の準備が整いましたの。明日引き取りになりますから、お願いしますね」

「もう手配ができましたか。早速引き取りに伺います」

「あらあら、先方とのお約束は明日ですよ。でも、本当に良い会社を紹介してくださいましたね。確かに規模といい出自といい、王族や貴族の方たちからは褒められた会社ではないでしょうが、今の私にとっては最高の会社です」

「何かありましたか、殿下。そこまであの会社を褒めるのは理由がありますか」

「ええ、こちらの苦しい予算内で、最高の仕事をしてくれる会社なんか私はあそこしか知りません。

今度納品される内火艇も、いわくつきのという物でして、なんでもニコイチがどうとか申しておりましたよ。それでもフォード船長に見てもらってもこれ以上ない内火艇と太鼓判を押してくださりましたの。しかも、改造込みで二億ゴールドで済みましたから、本当に助かりました」

「そうですか、でも怪しげなものを受け入れても大丈夫ですか」

「大丈夫です。こちらについてはマキ室長が王国の法律もきちんと調べておりますし、まだ私のすることに国も貴族たちもそこまで関心を持っていないでしょうしね。それより、艦長には明日引き取りをお願いします」

「了解しました」

「あ、そうでした。その社長さんから艦長さんに伝言がありまして、こちらに着いたら来社してほしいとのことでした。なんでも無線機がどうとか」

「ハ、ここを出ましたらすぐに向かうことにします」

しかし、何をやっているんだあの社長は。

王族に伝言を頼むなんて、下手をすれば不敬罪でこの世とおさらばになるぞ。

しかし、ぶれない社長だ。

無線機がとか言っていたから例の掘り出し物の件だろう。

なら一度『シュンミン』に戻ってカスミを連れて向かうとしよう。

俺はメーリカ姉さんに艦を頼んで、カスミと前に約束していた通信士のカオリを連れてタクシーでドックに向かった。

公用車も使えそうなのだが、今回の件は業務と私用との境があいまいなことなので、念のための措置だ。

それにカスミだけならまだしも、カオリを連れて電車なんか乗れない。

あいつらが騒ぎ出したら俺には止めようがない。

マリアじゃないから危険性としては少ないが、あの子たちも所詮マリアの仲間だ。

俺は自分の気持ちをこの時ごまかしていた。

正直言うと、ジャイーンならともかくテッちゃんには会いたくなかった。

なぜかしら、ここと工業地帯まで結ぶ鉄道はどうもテッちゃんとの生活圏にかぶさる感じだ。

出会う危険性などほとんどないというのに、それでも俺は恐れている。

ジャイーンに会うまでは前に一度出会っているのにもかかわらず、そんなことは考えていなかったのだが、今は酷く臆病になっている。

それに何より今の俺は孤児だった時とは違い、タクシーで移動しても何ら問題ないレベルにまで成り上がっている。

あとで精算すらできそうだ。

なんだか非常にせこく感じてきたので、目の前で姦《かしま》しく騒いでいる二人をタクシーに押し込んでドックに向かった。

ドックに着くと早速社長に出迎えられた。

「おお、あんちゃんか。あれの引き取りは明日と聞いていたが、うちはいつでもいいぜ。それよりもカスミ、ちょっとこっちに来いや」

そういうと社長はカスミの手を取り奥に連れて行く。

まだ少女ともいえる年頃のカスミを背は小さいが、がっちりした体格の社長が奥に連れ込む図柄は非常にやばく見える。

「艦長……」

心配そうに俺を見るカオリに俺は声を掛ける。

「カオリ、カスミについて社長を手伝ってやってくれ。無線機のセキュリティロックの解除の件だ」

カオリは事前に聞かされていたことを思い出し、嬉しそうに社長の後を追いかけていった。

やはりお前もか。

危惧していたが、マリアの周りには同類しかいないのか。

そんなことを考えながら一人残された俺にここの専務が声を掛けて来た。

「艦長、どうしますか。内火艇でも見てみますか?」

そう言われて専務に連れて行かれた場所は、以前解体船が置かれていた場所の隣だった。

野ざらし状態ではあったが、そこには真新しい内火艇が鎮座していた。

「ほう、これは凄い。新品という訳ではないのでしょう」

俺は、殿下にニコイチという言葉を聞いていた。

ということは目の前の内火艇は少なくともどこから持ってきたか分からないが二艘以上の内火艇を合わせたものだということなのだろう。

「どうです。殿下には既に報告は入れてありますが、これは中古ですよ。しかも改造した中古品です」

「改造ですか」

「ええ、あの『シュンミン』ほどではないですが、これも苦労しましたよ」

そう言って専務が目の前の内火艇の来歴を教えてくれた。

なんでも、この星域内の有るコロニーの停泊地で港内タクシーとして使っていた内火艇の一つが老朽化により廃棄されるとの情報を掴んだ社長が早速仕入れてきたものだそうだ。

ここの専務が胸を張って言うには、ここの社長がただ整備しただけのモノを売る筈ないだろうというのだ。

なんでも手に入れた内火艇を総バラシして、結局ばらした内火艇で使ったのは筐体の骨組みと船体ナンバーくらいだという。

まずエンジンだが、これは軍で廃棄された艦載機から持ってきた。

十年前の主力として活躍していた艦載機のエンジンを五つ仕入れてきてこれをばらして完璧なエンジンを二つ作りあげ、それを取り付け、外殻は前に解体していた豪華客船のメインの素材を使って一から作ったものだそうだ。

それに武装で『シュンミン』でも使っているパルサー砲を二門とマリアとの共同開発したひまわり五号を一門付けてある。

これは準備中の艦載機とほぼ同じ武装だ。

唯一違う点を挙げるのなら航宙魚雷を積んでいないことくらいで内火艇としては強武装のものに

仕上がっている自慢の品だそうだ。

そこまでしてあるのに二億ゴールドという値段は破格だと思うが、その辺りはどう考えているのだろう。

ここの社長は絶対に商売する気がないな。

その辺りも専務は、ほとんど使った部材についてはただみたいな値段で持ってきたので、きちんと利益は出ていると教えてくれた。

しかもその材料費というのがほとんどがここまで持ってくる輸送費だというのだから、実際に仕入れにかかった値段はただみたいなものだったのだろう。

社長のことだ。

物は選んで仕入れるが、くず鉄扱いで仕入れてきたのかもしれない。

尤も手間賃を考えると果たして利益があったか甚だ疑問は残る。

リベンジ

自慢のような説明を聞いて、最後に邪魔だから持って帰れと言われたのには驚いた。

ここの専務もたいがいだ。

出来上がったものには興味を示さない人種のようだ。

しかし、いきなり持って帰れと言われても、困る。

「乗って帰ればいいだろう。ものが内火艇なのだから宇宙港まで乗っていけ。なんならうちの若いのに操縦させようか」と言ってきた。

操縦だけなら俺でもできるので、宇宙港管制に連絡を入れ、内火艇の着陸手続きをとった。

結局専務とドックの若い衆数人を乗せて俺が操縦して宇宙港に戻った。

カスミとカオリは多分今日は徹夜だ。

俺が宇宙港に戻ることを伝えに行ったら、白衣を着た知らない人たちと何やら真剣に問題の通信機の前で作業していた。

ああなるとあの連中は俺の声が聞こえない。

社長は辛うじて俺に反応したので伝言だけ頼んで、内火艇を納品してもらうために専務に同行してもらった。

宇宙港では『シュンミン』の横に着陸させて、殿下のクルーザーに人を呼びに行った。

内火艇の受領手続きのためだ。

殿下付きのマーガレットさんがこちらに来てくれて、書類にサインしてもらい、受領が終わった。

マーガレットさんが車を出すと言ったが、専務たちは電車で帰っていった。

内火艇は綺麗に赤と白の二色で『シュンミン』のように塗られており、明らかにどこの所属か分かるようになっている。

言い換えるとえらく目立つのだ。

本来このカラーリングはコーストガードのものだが、コーストガードの艦にはこのカラーリングは一切使われていなかったために、一部の間で広域刑事警察機構準備室のシンボルカラーになってしまった。

翌日から、機動隊のアイス隊長を呼んで、この内火艇の習熟のための訓練に付き合った。

この内火艇の操縦は機動隊が受け持つことになっている。

アイス隊長以下、主だったメンバーに内火艇の操縦を教えるまで、三日を要した。

なので、予定の一日遅れで宇宙港を出発した。

今度は内火艇を積んでの調査だ。

艦載機こそないが、ほぼフル装備となった『シュンミン』はその性能を遺憾なく発揮できるだろう。

……ただし、乗員の練度は除くという奴で。

前の改造民間船の宇宙海賊程度ならこの武装内火艇だけでも十分に相手ができる。

小型で小回りが利くので、手分けしての調査ができそうだ。

俺は前回の反省を踏まえて、小惑星帯に近づくまでは通常で航行。小惑星の手前で、艦の警戒レベルを準戦に引き上げた。

ここからでも戦闘に入るまでに二十分近くは覚悟しないといけないが、それでも逃げることにはならないだろう。

しかも、前回敵のいたポイントでは更に警戒して内火艇に付近の調査を頼んだ。

このポイント付近の調査には一時間ばかりを使ったが、得られるものはなかった。

内火艇を格納して、付近から徐々に小惑星帯の中に入り調査を始めた。

敵であると想定される宇宙海賊には当然注意しながら探していくが、それよりも、この小惑星帯の中に航路となる所がないかを探す。

ここまでくるとレーダーに加えて有視界で探していく方が効率が良さそうだ。

画像認識のソフトもあるので、取り込んだ画像データを艦内コンピュータを使って調べていく。

王国内標準時間で昼に当たる時間帯には準戦状態で、付近の調査を行い、夜になると一旦小惑星帯から出て、何もない空間まで下がり停船させて夜を過ごす。

なぜかというと、本来軍艦に限らず宇宙船は二十四時間態勢で運用される。

人は休まず働くことなどできないので、順番で当直を行いその体制を維持するのだが、俺らにはそれができない理由があった。

当直を置いて二十四時間体制で調査を行いたいのだが、いざ敵に遭遇した時には絶望的な未来しか見えない。

以前敵から奇襲されて、何もできずに逃げ出したことがある。

これは本艦の性能により可能だったのだが、もし当直がそんな臨機応変な対応ができなければどうなるのか。

マニュアルには、といってもまだこの艦には交戦規定などという大そうなものはない。

軍やコーストガードから借用したいが、そのどちらにも不測の事態では艦長を叩き起こして指示を待つことしか規定がない。

本艦も同じ規定としたが、本当にできるだろうか？

パニックになって右往左往で終わりそうなのだが、できるとして話を進めると、艦長である俺にできることは、すぐに応戦態勢に艦内の警戒レベルを上げることなのだが、それでも現状では一時間以上かかる。

奇襲された状態で一時間以上殴られっぱなしになれというのだ。

前に襲われた商船改造型の海賊船ならこの艦ならばどうにかなるかもしれないが、それでも、もしもはある。

そんなことなら、いっそのこと付近に何もない空間まで戻りそこで休めた方が絶対に安全だ。

人は休まないと生きてはいけない。

要は寝る時には安全な場所まで下がって休ませるという方針を決めたのだ。

今のところその方針が功を奏し、問題なく調査が進められている。

その調査もあれからなにも発見できずに三日目に入る。


「おはようございます、艦長」

「ああ、当直ご苦労様。悪いがこのまま準戦に入るよ。もし寝るのなら俺の部屋使ってくれてもいいからね」

「いえ、大丈夫です。私も三時間前に起きただけですから、このまま後ろで休憩に入ります」

三日目に朝まで当直に当たっていたケイトが俺との挨拶の後に艦橋から出て、近くの休憩場所に向かった。

俺は艦橋に来た副長に早速艦内レベルを通常から準戦に変えて、昨日の続きの調査をするために、指定ポイントに艦を向かわせた。

「流石に三日目ですから今日あたり何かを見つけたいですね」

艦橋にいるアイス隊長が俺に話しかけてきた。

「そうですね、実際襲われておりますから、この辺りに何かしらある筈なのは分かっておりますし、そろそろ何かを見つけてもいいころ合いかとは思いますね」

「艦長、そういうけど何もないよ」

「マリア、お前は別に戦闘はなくても退屈しないだろう」

「そんなことないよ。ただ、自由になる時間が無くなるのが嫌なだけ。早く敵見つけて帰ろうよ」

マリアはどこまでも自由人だった。

彼女のあまりに間の抜けた意見で艦橋の空気がかなり緩んだ。

往々にして事件はそんなときに起こる。

まあそれほど事件というようなものではないが、カスミの代わりに哨戒に当たっているバーニャが何かを見つけた。

「艦長、人工物体を発見。移動していますから宇宙船と判断します」

「ありがとう、バーニャ。副長、体制を臨戦に切り替えて調べるぞ」

「ハイ、艦長。艦内に通達。これより艦内レベルを準戦から臨戦に移行する。各自持ち場に急げ。繰り返す、臨戦に移行する。各自は持ち場に急行せよ」

「アイス隊長。今度は武装内火艇がありますので、強制的に臨検しましょう」

「ああ、これより準備する。内火艇の発進のタイミングはそちらの指示に任す」

アイス隊長はそう言うと後部格納庫に急いだ。

それから一時間後、メインモニターに目標の船が映る。

向こうにもこちらの存在が見つかり、逃げながらレーザー砲をこちらに向けて放ってくるが、照準があまりにでたらめで、全く当たる気がしない。

そうなるとがぜんこちらとしては余裕が生まれる。

「攻撃主任。無力化は無理でも相手の船足を落とすことはできそうか」

「レーザー砲では以前の二の舞になりそうですので、側面のパルサー砲でメインノズル周辺を攻撃しましょう」

「ああ、そうだな。副長、側面パルサー砲の射程圏内まで近づいてくれ。それと、内火艇を発進させる」

前回の戦闘の時とは違って、今回は落ち着いて対応している。

何より有無を言わさずに完全破壊となっていないのが評価できる。

ケイトの指示で、右側面にある三つのパルサー砲が、それも狙いをきちんと決めて斉射している。

改造した民間船の防御なんて戦闘艦からしたらなきに等しい。

この海賊も民間船などの武装の貧弱な船しか襲わないので、これでも済んだが、航宙駆逐艦と言われる最弱に等しい戦闘艦でも、その実力の差は歴然だ。

わずか二回の斉射で、目標の動きが目立って遅くなった。

すかさず、後部ハッチから武装内火艇を発進させて、強制臨検に入る。

予想はしていたが、機動隊の面々はうちと違って皆プロの集まりだ。

内火艇が目標艦に引っ付いてからわずか二十分で、制圧完了の無線連絡を受ける。

この状況では俺の殉職は望めない。

なら俺がわざわざ向こうに出張る必要などない。

面倒くさいからな。

「ということで、副長。メンバーを選定して向こうの艦橋に向かってくれないか」

「五人ほど連れて行っていいですか」

「いいけど士官はダメだぞ。それと下士官も二人までだ。あと、分かっているかとは思うが就学隊員も許可しない」

「承知しました」

それから小一時間で、向こうの船は完全に制圧された。

こちらの被害は突入時に負傷した機動隊員の二人だけだ。

しかもその二人とも軽傷だと報告を受けている。

準備室、初の成果発表

成果としては商船を改造した海賊船が一隻と、その乗組員である海賊達三十名、それと突入の時に倒された死体が十二ばかり。

これは、こちらに運ぶまでもないので、海賊船の倉庫に放り込んでおいたそうだ。

残るはお持ち帰りだけだ。

向こうに保安要員として五名移ってもらい、副長のメーリカ姉さんと機動隊員とでワイヤー接続の作業をしてもらう。

副長はともかく駆り出されたマリアはまた不満を言いながら作業をしていた。

作業を終えて、俺らは一路ニホニウムに戻った。

今回はお土産があるので、宇宙港ではなく、そのままドックに向かう。

管制圏内に入るとタグ宇宙船を呼んで、海賊船を付き合いのあるドックに入渠させ、『シュンミン』は隣に購入済の敷地に降ろした。

ニホニウムに戻ると早速の成果とばかりにマスコミで報道された。

早速、殿下の広域刑事警察機構のお手柄とばかりに庶民に報道されたのだ。

実はこれで二例目の海賊退治なのだが、前回は完全に破壊して庶民目線で分かりやすい証拠がなかったのと、正直あれは失敗の部類に入る作戦だったため、わざわざ発表はしなかったのだ。

今回も殿下は発表までは考えていなかったようだが、流石にただでさえ目立つ船が海賊船を連れてきたので、殿下に各報道機関から問い合わせがかなりの数に上り、混乱を避けるために正式に発表するに至った。

殿下が臨席の記者会見で俺が無線で報告した内容を捜査室長が発表した。

ニホニウムでは大きく報道されて注目を集めた。

王国全土にも報道されたようだ。

こちらの方はそれぞれの星系で扱われ方は一様ではない。

今回鹵獲した海賊船の本格的な調査は、お世話になっているドックにおいて捜査室主導で行われた。

当然首都星域内での海賊討伐だったこともありコーストガードからも人が派遣されて、地元警察と共同しての調査になった。

また、捕まえた海賊達についても共同で捜査が行われ、地元警察から司法当局に送検される運びになっている。

いずれは広域刑事警察機構だけで送検まで持っていくようになるかもしれないが、まだ俺らは準備室だ。

正直法律的にも少々怪しい部分はある。

そんなことを理解しているのか、端から捕まえた悪党に興味がないのか捜査室長は他の海賊に関する情報だけを仕入れたら、残りは地元警察に任せたようだ。

俺らの方は、別の有力情報がない限り、しばらくこの辺りを中心に調査していくことになった。

噂だった秘密の航路について現実味を帯びてきた。

何もない所に海賊がそうそういる筈はない。

既に二隻の海賊との遭遇があったのだ。

なぜあの辺りに海賊がいたかを調べないといけなくなり、負傷した二人の状況を確認して一週間後に再度調査に向かうことになった。

嬉しいこと？　に艦載機も無事に認可が下りたようで、『シュンミン』に搭載したが、肝心のパイロットの方がまだだ。

このままだとマリアたちのおもちゃにしかならない危険はあるが、積まない訳にもいかず、とりあえず空いた時間を使って『シュンミン』に積み込んだ。

中途半端に時間が空いてしまったが、先の宇宙海賊船を鹵獲した場所から調査を始めた。

確かにこの辺りが怪しいとは思うし既に二隻の海賊船を始末した場所ではあるが、そう簡単に敵さんの全容は掴めない。

そもそも、捕まえた海賊からも大した情報は得られなかったようだ。

捜査室長も全力で尋問などしたようだが、捕まえたのが所詮野良の海賊で、この辺りにのこのこやって来る密輸船を狙ったものだそうだ。

ということはこの辺りに探している航路がある筈なのだが、海賊からはその航路についての情報は得られなかった。

捕まえたのが海賊でも下っ端ばかりなのが原因のようで、捜査室長からアイス機動隊隊長に、『今度捕まえるのなら下っ端は要らないから上を捕まえてくれ』との注文があったと俺に愚痴をこぼしてきたくらいだった。

俺もアイス隊長の心境はよく分かるし、捜査室長のトムソンさんの気持ちも分かる。

三十人捕まえて来れば、その三十人を調べないといけないが、所詮は下っ端、誰を調べても得られる情報には大したものはない。

しかも手間だけはしっかり三十人分かかるのだ。

トムソンさんからしたら手間ばかりかかる下っ端は連れて来るなと言いたいのだろう。

しかし、現場となる敵船の中は本当の意味で修羅場だ。

目の前で人が死んでいくのだ。

そんな状況で、投降でもしてくれれば話は違うが、捕まればどちらにしても死しか見えてこない連中にとってそれこそ死に物狂いで向かってくる。

それも上に行けば行くほどその傾向が強い。

当然、機動隊と遣《や》り合って死ぬのは上の方が確率的に上がってしまうのだ。

今回出発に当たって、わざわざトムソンさんは俺にもその件についてお願いしてきたのだ。

だからといって、見つけられるかどうか。

あまり気長にもできないだろうが、調査していく。

一回の出航で、最高でも一週間が限界だろう。

これは、我ら乗員の耐久という面から出た数値だ。

特に、消耗が早いのが機動隊員だ。

元々機動隊の運用として考えていたのが、捜査で見つけた敵拠点に乗り組むことだったので、機動隊員はそこまでのお客様という扱いだ。

なので、機動隊員には個室が与えられていない。

それこそ避難所に避難した人たちのように固い廊下に毛布一枚で寝ている状況になる。

彼ら屈強な機動隊員はそれこそ必要ならそんな状況でも一月も二月も耐えることができるだろうが、そんな生活を通常はできない。

そもそもこのような調査に連れてくる方がおかしいのだが、彼らの訓練と言われたので、連れて来たら、早速成果を出してしまった。

この後いろいろと考えないといけなくなりそうだ。

「艦長、また退屈な仕事が始まりますね」

マリアはそれこそあくびでも出そうな感じで俺に言ってくる。

この調査中はほとんどの部署を退屈なルーチンが待っている。

手隙の時間が増えるのだ。

しかし、最初の調査で奇襲されたこともあり、彼らを休ませる訳にはいかず、準戦で調査している。

ただ待機するだけの連中には地獄だろうが、調査の主体である哨戒チームもまた違う意味で地獄だ。

彼女たちはそれこそ必死でレーダー波の解析や画像認識ソフトのパラメータ調整をしながらわずかの見逃しも許さない仕事ぶりだ。

そんな生活を二〜三日もしたら、精神が擦り切れてしまう。

この辺りも改善の余地がありそうだ。


そろそろ艦内の不満と疲れのピークを迎える三日目の午後に、また怪しげな船を見つけた。

近づいていくとこちらに攻撃してきたので、前回同様、応戦していくが、こちらは前回と違い小型なうえ、武装だけが強化された船のようで、こちらも安易に近づけずやや距離を取った状態での応戦となった。

結論から言うと、主砲が一発当たって敵船は爆破したのだ。

こうなると最初と同じように大した成果も期待できないが、デブリの回収をする羽目になる。

疲れている上に、モチベーションも最低な状態での作業となった。

俺の方は、就学隊員の船外訓練と割り切って前回と同じ作業をしていく。

二回目となれば多少は慣れるのか、三時間で作業を終えることができ今回の調査を終えた。

ニホニウムに戻り殿下に報告して終わりとなる。

こんな調査をこの後五回も行った。

そのうち二回海賊船と遭遇したが、どちらも野良ばかりで大した情報を得られないままニホニウムでの捜査を打ち切られることになった。

結局俺らは噂にあった航路の痕跡だけは見つけたが、航路そのものの発見には至らなかった。

捜査本部もニホニウムでの捜査を打ち切ることを決めた。

今回ニホニウムでの捜査の打ち切りの理由として、海賊討伐に関しては十分な成果は出ているが、そもそもこの辺りの海賊討伐の責任部門はコーストガードであり、ここでこれ以上海賊討伐をしていくといろいろと組織の軋轢《あつれき》が生まれそうだということと、情報室からもたらされた情報がきっかけだった。

ここでの海賊討伐任務をここに拠点を置いている第二巡回戦隊に資料を引き継ぎ、俺らはレニウムに向かう。

俺らが捜している隠された航路はここ首都星域とレニウム星域の間にあり、首都星域の反対側に当たるレニウム側からも探すことになった。

それに、先に掴んだ情報に無視できないものが含まれていたのもある。

探している航路の反対側にあるレニウムのスラムでかなりの数の子供が攫《さら》われているという情報を得たのだ。

どうもスラムで攫われた子供たちの人身売買にこの航路が使われている節が見えてきたのだ。

この真相を探るべく、捜査室長のトムソンさんは捜査員を送っていたようだが、割と組織的な海賊の影が見えてきたと言うので、殿下はニホニウムからレニウムに拠点を移して捜査することを決めた。

先輩の赴任

捜査拠点の移動を決めると殿下の動きは早かった。

機動隊員と一緒に殿下のクルーザーを使って捜査員とともにレニウムに向かった。

俺はと言うと、やっと艦載機の乗員の異動が決まったというので、着任を待って向かうことになった。

内火艇の所属は機動隊になるが、今のところ広域刑事警察機構設立準備室には、『シュンミン』しか艦船がないので、『シュンミン』で保管管理することになり、機動隊員は既にレニウム星域に向かったが、内火艇は『シュンミン』に残っている。

機動隊員が使わない時には自由に使っていいことになっているので、艦載機パイロットが就任するまでの三日間、俺はこの内火艇で遊んでいた。

カスミはここに来た時の日課になるドックに行って例の無線機と戯れているようだ。

今回はマリアを連れて、カオリと三人でドックに行ったので、さぞ賑やかなことだろう。

殿下たちがここを離れてから三日目に予定していた艦載機パイロットが整備士とともに赴任してくる。

俺はドック隣の準備室が用意した敷地に停泊している『シュンミン』の外で彼らの到着を待った。

コーストガードの公用車が敷地内に入り、俺の前で止まった。

車から六人の新たな仲間が下りてくる。

あ……

「ひょっとして先輩ですか」

俺は非常に情けない言葉を発した。

俺のところに来た乗員情報では、今回就任するメンバーは皆知っている者ばかりとなっていた。

パイロットの二人に、整備士三人の五人と聞いていたが、目の前には六人いるのだ。

その六人の先頭を歩いているのは、宇宙軍少尉の階級章を付けた女性だ。

しかも俺は彼女のことを知っている。

俺の士官学校当時の一つ上の先輩で、実習などで何度かお世話になった人だ。

確か……、そうだ、ブルーム子爵のご令嬢で卒業時の席次は、数々の恩恵を受けられるという上位十位以内に入っていた筈。その先輩が何故？？？

「カリン・ブルーム、宇宙軍少尉以下六名の『シュンミン』への異動を申告します」

先輩がそう言うと胸から異動に関する書類を俺に手渡してきた。

全員分六枚の書類。

後で俺はこれに目を通して事務方に渡さないといけないやつだ。

こういった部分には、まだ端末での情報のやり取りに置き換わっていない。

遅れているのか、ただ単に形式美を重んじる風潮なのかは分からないが、こういったけじめに関するものは必ず書面でサインを求められるのだ。

俺はそれを受け取り、丁寧にポケットにしまった。

「異動について了解した。『シュンミン』によようこそカリン少尉。それにみんなよく来てくれたな。トーマス整備長。私の呼びかけに応じてくれて感謝します」

そう言いながら先輩の後からついてきた顔見知りのパイロットや整備士たちをねぎらった。

「ここでは何ですから、『シュンミン』に案内します」

そう言って後部ハッチから全員を艦内に連れて行った。

後部格納庫では既に副長のメーリカ姉さんが待機していたので、パイロットと整備士たちを任せて俺は先輩のカリン少尉をとりあえず艦橋に案内した。

「しかし凄い艦ですね。話には聞いていましたが……」

先輩はしきりに艦内の内装に感心していた。

しかし分からないのは何故先輩が出向してきたかということだ。

まだ広域刑事警察機構設立準備室の位置づけが決まっていないので、左遷とも言い切れないとは思う。しかし、駐在武官などとは違ってエリートコースとは決して言えないだろう。

左遷組の俺が艦長を務める艦なので、王国内での認識としてはかなり左遷に近い存在だと思っていたが、その辺りはどうなのだろうか。

例の貴族パーティーで聞かされた話などでも殿下の道楽といった認識もあるのだ。

そんな組織にエリートコースに乗っていた先輩がしかも後輩である俺の下に就くのが分からない。

まず、艦橋で先輩の仕事について説明した。

今まで空席となっていた、艦載機管制という部署に就いてもらう。

これは初めから先輩も分かっていたようで、自身の管理下に置かれるパイロットや整備士たちとは俺たちよりも先に合流して顔合わせは済んでいる。

先輩は先に航宙フリゲート艦『アッケシ』に向かい、パイロットたちをピックアップして軍の連絡船を使ってここまで来たのだ。

『シュンミン』内では俺の部下となり、艦内での序列が副長の次となる第三位になる。

これは非常に微妙な順番だ。

なにせ序列二位のメーリカ姉さんはコーストガードの少尉。

彼女は軍からの出向者じゃないから軍での階級などはないのだが、もし出向者として仮定するなら軍では准尉となり少尉である先輩の下の階級だ。

しかし、現場経験や年齢（女性に年齢の話はタブーだがあえて考えると）ではメーリカ姉さんに軍配が上がる。

とにかく俺の職場である艦橋が微妙な空気になるのだけは避けたいので、艦橋での説明が終わると、殿下のところからお借りしている保安員の一人に艦内を案内させた。

その後俺は後部格納庫に向かいメーリカ姉さんと合流した。

「副長。どんな感じだ」

「どんな感じと言いますと？」

「トーマスさん達だよ。すぐになじめるかな」

「大丈夫ですよ。それよりも彼らはすぐに艦載機の方に行かれて、こちらの説明なんか聞いてはいないですよ」

「それは困りものだな。あ、制服などは午後には来るそうだ。それを待たないと出発はできないから、ここの出発は明日だな」

「マリアたちはいつ呼び戻しますか」

「夕方には呼び戻そう。士官が増えたし、夕食に士官だけでも先に紹介をしたい。明日の朝、全員を外に出して、そこで紹介をした後、出発させよう」

「分かりました。準備しておきます」

俺はトーマスたちとの会話を諦めて艦長室に戻った。

艦長室から殿下にカリン少尉以下全員の乗艦を報告して、お礼を述べた。

殿下からはカリン少尉をくれぐれもよろしくとのお言葉を貰った。

どうも以前からカリン先輩のことを殿下は知っているようだ。

まあ、王族相手でもカリン先輩は貴族の出だ。

前から面識があっても不思議ではないが、それでも殿下の口ぶりでは親しそうに感じられた。

年も殿下と近いことからいわゆるご学友といったやつかもしれない。

艦内の案内を終えた保安員はカリン少尉を艦長室まで連れて来た。

え？

自室でしばらく休ませるつもりだったのだが、カリン先輩から開口一番にクレームが付いた。

自室をどうにかしてくれと。

なんでも仕事場としてふさわしくないとか。

あんたは貴族出身だろう。

そのくらい我慢しろと言いたいが相手は先輩だ。

ぐっと我慢しながらクレームを聞いていた。

「何ならこの部屋と代わりますか、艦長の職責も譲りますよ」

「な、何を言っているのですか。冗談でも指揮命令に関する問題になる冗談は止めてください」

思いっきり怒られた。

だが、俺の冗談も意味がなかったわけではなさそうだ。

先輩は怒りながら俺の部屋を観察し始めた。

そして固まった。

やはりそうなるよな。

俺は、先輩を連れてお隣に向かった。

ここは殿下がいなければ閉鎖される部屋だが、ここも見せておく。

「この部屋、なんだか分かりますか。殿下がこの艦に座乗するときにお使いになる部屋です。見てもらえれば分かると思いますが、この部屋を基準に他の部屋も作られております。この艦ですが、改造時に費用面でかなり無理をしており、全てが廃棄船の流用品です。問題はその廃棄船が王国一番の贅を尽くした『ジュエリー・オブ・プリンセス号』だったことです。ちなみに就学隊員の部屋見ましたか」

「いいえ、そこまでは見ておりません」

「え、あそこを見せないと誰も士官用の個室に入ってくれないよ」

俺の文句に案内してくれた保安員が謝ってくる。

「艦長、どういうことですか」

「先輩、あの兵士未満とまで揶揄されている就学隊員の部屋ですらあの豪華客船の二等船室を改造したものなんですよ。下手をすると宇宙軍戦艦の艦長室よりも贅沢かもしれませんね。少なくともコーストガードの戦隊司令室よりは広さを除くとあいつらの方が良いものを使っていますよ」

「え！」

「ということで先輩も我慢してください。私だって我慢しているんだから」

俺は思わず本音でしゃべっていた。

何も知らなければ驚くよな。

今までお客様として乗艦させた人たちはほぼ例外なく士官用の部屋を拒否している。

理由はあまりに贅沢が過ぎるというのだ。

赴任の理由

俺と先輩が話していると保安員の一人がマキ姉ちゃんを連れて来た。

「艦長、少尉の制服をお持ちしました」

「あ、マキ姉ちゃんはこっちにいたんだ」

「艦長、今は仕事中ですので」

「あ、すまん、マキ室長。カリン少尉、こちらはこの艦の運行を管理してくれているマキ室長だ。私の育った孤児院の先輩で、良きお姉さんだったんでな。気が抜けるとどうしても昔の名残が出てしまう。見苦しい所を見せて申し訳ない」

「いえ、艦長。できれば私にも常に部下のように扱ってください。でないと士気にかかわります」

「大丈夫だと思うがな。この艦はそういった気遣いから一番遠くにあるから。まあ、一応心に留めておきます。いや、心に留めておく……で良いかな」

「艦長、台なしです」

ちょうど先ほどの保安員が三人分のお茶を持ってきたので、その場で茶を飲みながら少し話した。

俺もマキ姉ちゃんも宇宙軍での出世組であるカリン先輩が何故こちらにまわされてきたのかが気になっていた。

当然俺らの疑問に先輩は気づいていたので、説明してくれた。

彼女の説明からは、まず一つには、彼女と殿下はかなり親しい間柄で、ご学友といわれる友人同士だった。

殿下はかなり以前から、そう殿下が高等学校時代からこの国の行く末にかなり危機感を持っていたと教えてくれた。

その頃からよく二人で話していたことの一つに、広域刑事警察機構の構想があった。

貴族の腐敗から海賊退治にわたる幅広い司法機関の必要性を常に考えていたという。

その殿下がついにその組織を作ったので、友人として参加したいと考えていたから自ら志願して出向してきたと教えてくれた。

しかし、自ら望んでも早々組織の壁は越えられるものじゃない。

まして先輩はいわゆる落ちこぼれや下賤の出ではない。

先輩はなかなか言い出しにくそうにやっとの思いで教えてくれたのが、この広域刑事警察機構の組織だが、既に政争の種になっているという。

貴族や、各政府機関、それに軍で新たな組織を傘下に収めようと躍起になっているとか。

当然殿下もそういった動きを理解しており、できうる限り排除しているそうだが、いつまで排除できるか分からないと聞いているそうだ。

その一つに軍からの影響力がある。

宇宙軍としてもコーストガードのように自らの傘下に置きたいと考えていたようだが、現状ではできていない。

殿下が王室の力を借りて今のところ排除に成功している。

しかし諦めの悪い軍の一部に先輩の血縁がいた。

先輩は子爵家のご令嬢で、その父親は軍の中央の役人でもある。

その父親からの打診で先輩は二つ返事でこの企みに参加したと教えてくれた。

そんなきな臭いことまで教えてくれなくともと思ったのだが、これは友人でもある殿下にも話したことだからと笑って教えてくれたのが印象的だった。

先輩の話から殿下が抱える問題が見えてきた。

殿下の道楽と捉えられていた組織だがその有用性を示せば示すほど外野からの邪魔が入るようだ。

難しい話は殿下たちに任すしかない。

俺は自分の仕事をするしかない。

翌日に全員を集めて新たなメンバーを紹介してからニホニウムを出発した。

初めて先輩の仕事を見たのだが、先輩は同期一番の出世頭だけあって仕事ぶりは半端なかった。

とにかく時間を見つけては艦載機を飛ばして訓練を課していく。

また自分でも艦載機の後ろに乗って直接指示なども出してパイロットの技量の確認とその向上を目指していた。

それだけでも凄いと思うのに、更に格納庫では整備士と一緒になって機体の整備にも立ち会い、その整備に要する時間などの確認に余念がない。

流石に俺でもあそこまで鬼畜な訓練を課さないが、先輩には一切の妥協がない。

それも、端から見ていても無駄も無理もない。

もうこれは神業だとしか言いようがない。

どうもここに来るまでに配属されていた第二艦隊内の艦載機機動部隊の航空作戦参謀部にいろいろと思うところがあったようだ。

彼女の能力を活かしきれなかったのだろう。

それも就任わずかの士官ではやむを得なかっただろうが、自由になれば自分の思うところに従っていろいろとやりたかったのだろうか。


ともあれ、先輩は小惑星帯の傍までずっと訓練をしていた。

例によって小惑星帯の直前で、艦内レベルを準戦に引き上げるので、ここで訓練は終わる。

警戒しながら小惑星帯をレニウム星域に向けて進んでいく。

確かに小惑星帯にあるのだから直線航路でレニウム星域に進める場所など簡単に見つけられるわけはない。

今我々が知っている航路は通常の航路として定期便などに使われている場所しかない。

しかし、今では海賊の隠れ航路の存在は単なる噂ではなく、現実味を帯びたものになってきている。

絶対に通常の航路以外にも航路として使える場所がある筈。

俺らがニホニウムに来てからずっと探していたが、海賊たちとの邂逅《かいこう》などを考えると、どうも今いる場所は的外れではなさそうなのだ。

本艦に近づいて来る小惑星や隕石などを避けながら艦を進めていく。

艦内レベルは準戦にあるが、隕石などが飛び交う小惑星帯内では、安全のために艦載機や内火艇を使って露払いならぬ前方警戒をさせている。

艦載機ではパイロットに負担がかかるので、主に内火艇を使い、かつての臨検小隊の部下でベテランに当たる下士官に数名の部下を付けて探査をさせている。

艦載機は内火艇の乗員交代のために『シュンミン』に戻るときの警戒に出している。

本来ならば内火艇は機動隊傘下にあるが、今は機動隊員もいないので、カリン先輩に艦載機と一緒に管理を任せている。

そのカリン先輩が最初に発見したものが問題だった。

カリン先輩は搭載機管制指令用のコンソールパネルで、艦載機や内火艇に搭載されている各種センサー類のデータをリアルタイムで監視していた。

『シュンミン』の艦橋の艦載機司令席には、艦載機や内火艇に搭載されているレーダーを始め赤外線、紫外線センサーや光学式カメラの映像をパイロットと同期して監視できるシステムが構築されている。

艦載機司令は哨戒に出した艦載機パイロットが見落としたものも『シュンミン』の艦橋で監視していれば発見できるようになっている。

少しでも怪しげなものを見つければパイロットに無線で再調査を命じている。

その再調査で、宇宙空間を漂う宇宙船を見つけた。

正確に言うと今の段階では宇宙船の可能性のある人工物を見つけたのだ。

そう、漂っているのだ。

俺はカスミに命じて『シュンミン』のセンサー類を駆使して再調査を命じたが、結果は先輩の出したものと変わらない。

はっきり言って今はよく分からない。

「副長」

「ハイ、見つけた以上調査は必要ですね」

「カオリ。救難信号は」

「いえ、あの船からは何も出ておりません」

「副長、『シュンミン』をあの船に近づけてくれ。搭載機艦管制官、悪いが内火艇を戻してくれ。あの船に乗り込む」

俺は、難破船を法律に基づいて処理しないといけない責任があるが、それ以上にあの船が気になる。

普通なら、まずこんな宙域で難破なんかすればまず絶望的で、船内は悲惨な状態が予見できるが、どうもそれだけに留まらないような気がしてならない。

「副長、悪いが一緒に乗り込むぞ」

「え⁉」

そうだよな。

まずありえない命令だ。

この場合、副長に臨検隊を指揮させれば艦長である俺は艦に残る。

俺が臨検隊を指揮するようなら副長が艦を預かるのが普通だ。

だが俺が下した命令はそのどちらでもない。

これが最初の海賊との遭遇時には俺も考えなくはなかったが、幸いなことに今の『シュンミン』には頼りになる先輩がいる。

俺が次に命じたのがまさにこれだ。

「私が臨検中でのこの艦の指揮をカリン少尉に預ける。副長、経験豊富な連中で臨検隊を組織してくれ。パワースーツを着て、後部格納庫に集合だ」

『シュンミン』はもう目視で漂流中の船を監視できるまで近づいている。

今、後部格納庫に十五名からなる臨検隊が俺の前で整列して待っている。

俺の最初の職場である臨検小隊から士官下士官を中心に十名、それに殿下から預かっている保安要員から五名の構成だ。

「これから乗り込む難破船は、とにかく怪しい。何があるか分からないが、どんな状況でも冷静に対処してほしい」

俺は集まった隊員たちをゆっくり見渡した。

皆はいつもの陽気さを引っ込め真剣なまなざしで俺を見ている。

「よし、乗り込むぞ」

俺が操縦する内火艇で目の前の難破船に乗り込んで行った。

臨検のマニュアル通り、後部にあるハッチを無理やりこじ開けて内火艇ごと乗り込んで行った。

「艦長。トラップの可能性は」

「捨てきれないな。カスミ、最初にそれの確認だ」

まあできることをするだけだ。

後はご遺体がなければいいが……

「船体にはそれらしき跡はないですが、分かりませんね。覚悟はしておいた方がいいでしょう」

「なら臨検の開始だ。カスミは艦橋に行ってトラップの確認だ。マリアは機関部に副長は艦内の制圧を頼む」

「艦長は？」

「船長室に向かうとするよ」

第六章　優先順位

漂流船の臨検

俺らは一斉に内火艇を降りて散らばって行動を始めた。

俺は船長室に向かうために途中までカスミと同行する。

「艦長」

「ああ、これは酷いな」

後部格納庫から艦橋に向かう途中のあちらこちらに血糊がべったりと着いている。

しかし、どこにも死体がない。

「外から襲われたんじゃないな。外観には襲われた形跡がなかったよな」

「中で反乱でもあったんでしょうかね」

「反乱かどうかは分からないが中で暴れたのは事実だな。問題は誰が誰に対してだ。まあこんなところを航行していた船だ。まともな連中ではないことだけは確かだが」

そんな俺らに先に現場に到着したマリアから無線が入る。

『隊長、機関部ですが、ダメですね。動力は期待できませんよ』

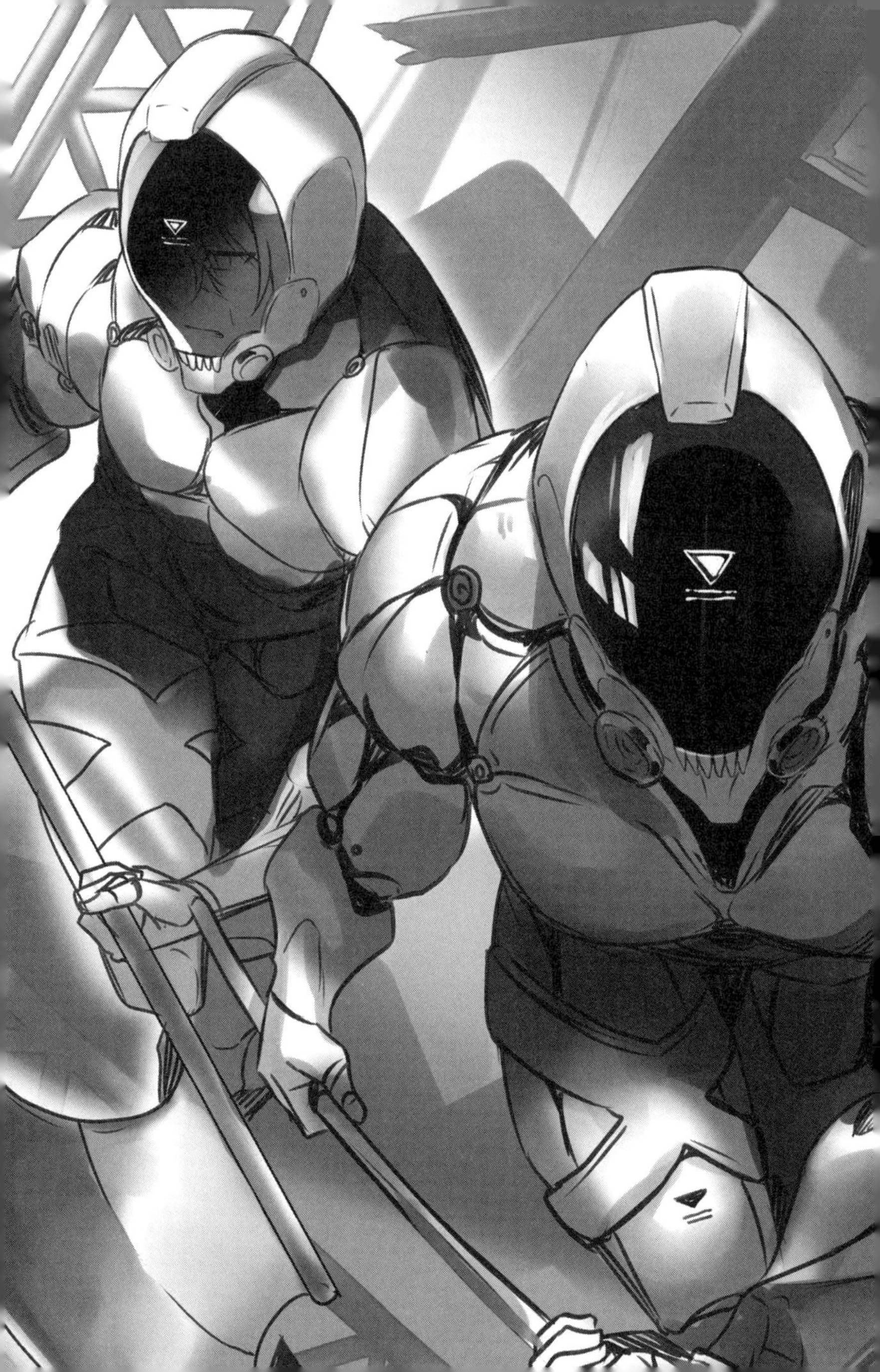

「マリアか。何があったんだ？」

『しっかりエンジン周りが破壊されていますね。エンジンそのものというよりもコントロール関係とエネルギー伝達関係の要所だけをしっかり破壊されています。宇宙での修理は無理そうですね』

「そうか、そうなると艦橋も期待できないか。まあいいか。マリア、エンジンの状況は分かったからカスミと合流してくれ。艦橋に向かえ」

「カスミ、聞いての通りだ。マリアと合流して、艦橋で何かしらの情報を掴んでくれ」

『艦長、了解しました』

「了解しました」

ちょうど俺の方は船長室に着いた。

「俺は中を探すよ。何かあれば無線くれ」

そう言って俺は保安員一人を連れて船長室に入った。

当然全艦の動力が切れている。

照明などないから自前のライトを使って船長室を物色していく。

大したものはない。

しかし、船長室の机の引き出しの中に端末があった。

これは民間では航海日誌などの記録用に使われるものだ。

船内通信を経由して情報なども自動的に記録されるものだ。

当然スイッチが入らない……いや、中のバッテリーが生きており、電源が入った。

この端末は航海日誌と航海レコーダーを兼ねたものだからセキュリティロックはかかっていない。

相手が海賊か密輸業者か分からないが、きちんと法律に基づいて記録を取っているとは思えないが、それでも航海レコーダーだけでも見れば何か分かるだろう。

俺はその端末を操作して、情報を調べ始めた。

航海日誌の記録は船長には義務付けられているものだが、やはりきちんとは書かれていない。

しかし、途中で訳の分からない数字や多分金額などの数字が記載されている。

ここの船長が日誌を備忘録として使っていたようだ。

この数字が何を意味するか分かればもう少しはっきりとするのだが。

俺は、続きを調べていった。

すると昨日の日付のところにボイスメモがある。

そのボイスメモを確認しようとしたら、船長室にマリアとカスミが入ってきた。

「艦長、電源ないとダメだね。な〜にもわからないよ」

「カスミ、マリアの言う通りか」

「ハイ、艦長。艦橋内の機材は全く機能していません」

「予備電源を期待してもダメだよ。とにかく実に効率的に壊されているから、ここでの修理は無理だね。外部から電源でも取らないとこれ以上の確認は無理そうだよ。メーリカ姉さんも空気はともかく人工重力がないと移動もままならないのでは」

俺は無線で副長を呼び出した。

「副長、無重力では艦内調査も捗らないか」

『ええ、ちょっときついですね。まだワンブロックも終わらないです』

「なら、予定の変更だ。『シュンミン』から最低限の電源を貰おう」

「え～、またあれをやるんですか」

「ああ、それしかないだろう。副長、聞いての通りだ。予定を変更して、『シュンミン』にワイヤーで繋げるぞ」

『了解しました』

俺はシュンミンを呼び出してこの船に『シュンミン』を接舷させた。

ほとんど艦内総出でワイヤーをこの漂流船と繋げ、シュンミンからケーブルを出して電源をこの船に供給させた。

これで、最低限人工重力と、艦内空気循環それに艦橋内の電源供給を行った。

艦内の照明については、本当に最低限で、非常灯のみの点灯に留めた。

とにかく節電しないと供給に無理が出る。

『シュンミン』の発電能力は戦闘していないので余裕はあるがこの船への送電がか細いケーブル一本のみだと送れる電力に限りがある。

それでも人工重力と、艦内空気循環ができたことで、艦内の探査は捗っているようだ。

俺は、中断していた船長の航海ログの確認に入る。

先ほど中断していたボイスメモを開き確認していく。

どうも、反乱に近いようなことが起こったようだ。

この密輸船は王国が必死に探している菱山一家に連なるものじゃなかったが、全くの野良という訳でもなく、菱山一家とは別の海賊集団のシシリーファミリー関連の船のようだ。

このシシリーファミリーもそこそこの規模を誇る海賊団で、王国とお隣のアミン公国を縄張りにしていることは俺でも知っている。

俺は自分の端末を取り出してこのシシリーファミリーを検索したら、面白い情報が出てきた。

先日のニュースで、最近内部抗争が活発に起こっているというニュースだ。

ニュースのコメントでは憶測記事として、シシリーファミリー内でお家騒動が始まったと書かれている。

もっと調べてみないと分からないが、どうもこの船もその煽りを食らったようだ。

俺は通信ログを調べようと端末内を探していると、無線が入る。

『艦長、大変です。来てもらえますか』

珍しく副長がかなり慌てた声で連絡をよこしてきた。

「副長すぐ行くが、どこにいる」

副長は慌てたのか、俺を呼び出しているのに場所を指定してきていない。

『あ、すみません艦長。第三デッキにある食料保管庫です。食料保管庫から大量の子供が見つかりました。かなり衰弱しており、多分死者も……』

「そ、それは本当か」

『ハイ……』

かなり声が沈んでいる。

「生存者はいるのだな」

『生存者はおりますが、衰弱が酷くて……』

「分かった」

俺は一旦副長の無線を切って、『シュンミン』を呼び出し、手隙の乗員、いや必要最低限の人員のみを残して全員で第三デッキにある食料保管庫に向かわせた。

とにかく一刻も早く子供たちの保護だ。

一応罠の警戒もしないといけないので、子供たちを設備の整ったシュンミンにはすぐには連れて行けない。

俺は食料保管庫周辺で介護スペースを作らせて、そこで治療と保護に当たたった。

電源が一応回復しているが、それでも最低限で船内の気温管理まではしていない。

第三デッキのみ船内空調を復活させ室温を一五度まで上げた。

現状船内の温度はマイナス一五度だ。

恒星に近ければもう少し温度は高かったのだろうが、なにせ最果てに近い首都星系とレニウム星系との中間地点だ。

本来ならとっくに子供たちは死んでいたのだろうが、運が良かった。

子供たちが閉じ込められていたのが食料保管庫。

早い話が密閉された冷蔵庫内だ。

冷蔵庫内の温度は十度に設定されていた。

この船の元の主たちはここを食料保管に使うつもりはなく、子供たちを放りこんでおくために使用していたようだが、それが幸いして庫内室温が三度の状態で発見できた。

しかも五十人近い子供たちがいたので、集まって寒さをしのいでいたようで、助かったのだろう。

それでも発見が後半日遅れれば全滅だったのは明らかだ。

空気が循環されていないので、その限界が近かった。

一応、子供たちの保護が順調に進むようになって、俺は急に体が震えだした。

怖くなったのだ。

俺の判断が遅れていれば目の前でこの子供たちが全員死んでいた。

俺が死ぬのならいいが、俺が無垢の子供たちを殺すのなんて到底受け入れられない。

ここで出来る措置には限りがある。

俺の判断が遅れれば危ない状況はまだ続いているのだ。

なにせ、今は丸腰な状態だが、ここは既に敵地になっていることが判明している。

すぐに逃げよう。

俺は『シュンミン』に戻り、殿下と合流を急ぐべく艦を出発させた。

子供たちの面倒を就学隊員に任せ、その監督に数名の下士官を付け、残りで付近を警戒しながらレニウムに向かった。

敵武装船の発見

幸運なことにここからレニウムまで直線で進める。

途中に小惑星も、隕石群もなさそうなのだ。

あ……ここが、探していた航路の一部だ！


俺は無線が通じるエリアまで来たらすぐに殿下のクルーザーを呼び出して殿下に連絡を取った。

殿下は今レニウムで貴族外交中とのことで不在だったが、捜査室長がいたので、応援を頼んだ。

無線から三時間後に返信があった。

ここから十五時間の位置にあるスペースコロニーで落ち合うというのだ。

そのスペースコロニーの座標を送ってきた。

そこは小惑星帯で資源回収を行う業者向けに緊急避難および、中継拠点として使われている非常に小さなコロニーだということだ。

これなら俺らが寄港しても目立たない。

何よりエンジンが全く使えない船でも宇宙空間なので、係留できるのが最大のメリットだ。

逆に言うと殿下の警護などについて明らかに不都合が出る場所でもある。

少々心配になるが、殿下からの指示ということでそこに急ぐ。

急ぐといっても曳航中なので、巡航速度まで出せずに四宇宙速度で航行中だ。

四宇宙速度は殿下の高速クルーザーの巡航速度と同程度なのだから贅沢は言えない。

十五時間後に目的のスペースコロニーに到着した。

ここには既に殿下より応援の要請が出されていたので、俺らが到着するや否や、コロニー内の医者が機材をもってやってきた。

子供たちの保護に五時間ばかり使って作業していると、殿下のクルーザーがやっとコロニーに到着した。

クルーザー単独での航行だったので、少々心配になったのだが、このクルーザーに殿下は乗っていない。

殿下はちょうど貴族外交中だったこともあり、今はレニウム内の貴族の館に滞在中だとのことだった。

殿下のクルーザーが到着する少し前に子供たち全員の搬出は終わっていた。

フォード船長はクルーザーに捜査室長を始め捜査員二十三名と機動隊員を乗せていた。

早速やってきたトムソン捜査室長とアイス機動隊長は俺のところにやってきて今後について協議する。

艦長室で、俺が今まで掴んだ情報を提示しながら話し合う。

どうも敵の拠点が俺の発見した航路の先にありそうだということで、敵が逃げ出す前に補足調査するということになった。

敵の拠点の規模が不明だが、相手がシシリーファミリー関係だということで軍に応援を依頼することで、集まった面々の意見がそろった。

フォード船長から殿下に状況の説明と軍への応援の依頼をすぐに出してもらう。

俺らはその敵拠点の発見と規模の調査のために応援が来る前に出港することにした。

ここでの捜査は捜査室長が連れて来た捜査員だけでも大丈夫ということなので、今度は機動隊員も同行してもらう。

三時間かかって、漂流船の切り離しと簡単な点検後にこのスペースコロニーを出航した。

来る時に十五時間かかった距離を速度を上げて八時間で漂流船を発見したポイントに到着した。

ここからは俺らにとって未知の領域だ。

奇襲攻撃など受けないように警戒のために艦載機を出しながら進んでいく。

艦載機にはパイロット希望の就学隊員を後部席に乗せ、周りの監視に使う。

通常一人で行っている周りの監視を希望者に手伝わせるためだ。

本来なら絶対にやらない配置だが、正直今は猫の手も借りたい状況だ。

できる人ならだれでも使う。

希望者ということもあり、就学隊員にとっても実際の業務を体験できる貴重な機会なので、案外良策なのかもしれないと自画自賛。

保険は当然かけてある。

『シュンミン』艦橋内でも艦載機からのデータをリアルタイムで監視していく。

と同時に、就学隊員の監督も行う。

艦載機は二機搭載しているが、警戒は一機ずつ交代で行っているので、手隙のパイロットや整備員などが搭乗中の就学隊員の面倒を無線で見ている。

このおかげで操縦中のパイロットには負担が少なくなっている筈だ。

捜査を始めて五時間後に敵の拠点らしき人工物を見つけた。

第一発見者は先輩だった。

ただ今度ばかりは不用意には近づけない。

俺は一旦艦載機を戻して、対応を考える。

まだ『シュンミン』のセンサーからは見つけにくい。

艦載機を収納後に『シュンミン』をもう少し近づけて艦内センサーでの監視に変える。

「流石にここからではこの艦のセンサーでも点にしか見えませんね」

「ああ、でも俺らだけで突っ込む訳にはいかないからここで応援を待つ」

「本当に応援は来るのでしょうか」

副長のメーリカ姉さんは心配そうに聞いてくる。

「一応殿下直々に知り合いのお偉いさんに掛け合うと言っていたからお茶を濁す程度には来るのだろう。まあ、ここで航宙フリゲート艦の一隻でも来てくれれば向こうの状況によっては強行するけどな」

「まあそうなりますかね。でも安心しました」

「安心？」

「艦長単独でも行きそうだったもので。きちんと応援を待つと言って下さり安心できました」

「オイオイ、そこまで俺は無鉄砲でもないぞ」

流石にまだ俺には分別が残っている。

俺一人ならそれも妙案かもしれないが、この船には前以上に部下たちが乗り込んでいるのだ。まだまだ未来ある就学隊員や殿下からお預かりしている保安員、それに家族持ちも多くいると聞いている機動隊員を巻き込んでまで死にたいとは思わない。

俺の理想はかっこよく彼らを助けながら死にゆくことだ。

しかし、どうしたものかな。

ただ点にしか見えないものの監視など退屈極まりない。

ここでただ待つというのも艦内の士気は下がるだけだし、どうしたものか。

こんな場所での訓練などできようもないしな。

俺は思案に更けていると、カリン先輩から提案があった。

「艦長、ここからでは敵の状況までは分かりかねます。敵の規模などの特定をされてはどうでしょうか」

「カリン少尉、具体的にどのように考えているのか」

「ハイ、艦載機を使ってもう少し傍まで行き、監視をされてはいかがでしょうか。私は艦載機二機を監視業務に出すことを具申します」

確かにカリン先輩からの具申には考えるものがある。

敵の戦力を知らなければ応援が来てもすぐには動けない。

今俺らにできることは偵察だけだが、それでも具申に従えば艦載機が見つかる恐れもあり、かなりの危険がある任務になる。

俺は少しの間考えてから、具申に従うことにした。

「カリン少尉の具申を受け入れよう。ただし、今度ばかりは乗員は一人として就学隊員の乗機を認めない」

「具申を認めて頂きありがとうございます。今度は今までと違い監視する対象が一点ですので、それほどパイロットの負担にはならないでしょう。こちらでもモニターで付近を注意しておきます」

「ああ、とにかく乗員の安全を最優先で作戦に当たってくれ」

俺の許可を貰ったカリン先輩はすぐに艦橋から後部格納庫に向かった。

パイロットや整備士たちと直接打ち合わせをするためだ。

それから二時間後に作戦が開始された。

今回の作戦では敵の戦力調査を目的として、敵の艦船が分かる場所まで艦載機を近づける。

情報を得られた時点で、それ以上の前進を認めずに帰還させるという極めてシンプルなものだ。

訓練以外では二機での作戦行動は初めてのことかもしれない。

今回は艦載機の指揮を執るパイロットが付近の警戒に当たりもう一機のパイロットが操縦する艦

載機で情報を収集することになっている。

カリン先輩は艦載機が発進後それこそまばたきも忘れたかのようにモニターを監視している。奇襲攻撃などあってはならない。

また敵拠点防衛のための罠にも注意しているようだ。

とにかく艦橋内がやたらに緊張する時間が三時間にも及んで、作戦は終了した。

艦載機二機が無事に帰還した時にはやたらに疲れた。

俺は何もしていなかったのだが、情けない。

カリン先輩は、艦載機が戻るとすぐに後部格納庫に向かって情報の収集に走った。

こっちのセンサーに映る画像では軍艦だということだけしか分からなかった。

小型の軍艦が二隻、できれば艦種だけでも特定しておきたい。

艦載機に搭載されているカメラの情報をダウンロードするために格納庫に向かったようだった。

なにせリアルタイムで上げられる情報は送信データが圧縮される関係上、ある程度の劣化は覚悟しないといけない。

特に遠方の情報などではしばしばこのようなことが行われる。

尤も俺も知らなかったことなのだが、軍の艦載機運用では本当に稀ではあるがこういった手法も取られると先輩は言っていた。

ダウンロードされた画像情報を、これまた画像処理ソフトを使い処理して問題の画像を拡大していく。

この作業はかなりの時間を要するが、安全に敵の武装勢力の実力を見極められる。

今先輩は整備士とともに情報を処理している。

敵の軍艦はどこから

艦載機が戻ってきてから一時間後に、結果をもって先輩は艦長室にやってきた。

情けない話だが、俺は緊張し過ぎて疲れたので、艦載機が戻ってきてからは艦長室で休ませてもらっている。

一応艦内レベルは臨戦でなく準戦になっているので、適法だ。

先輩は持ってきた資料を前に説明してくるが俺はそれを止めさせて、一緒に艦橋に戻っていった。

どうせ後で副長たちに説明するなら一緒の方が楽なのだ。

俺は艦長席で、副長を呼んで、資料の説明を求めた。

結果は正直ありがたいものじゃなかった。

二隻の軍艦はやはり改造商船のようななんちゃって武装ではなくガチの軍艦のようだ。

正式な艦名などは分からないが、今判明していることは艦種が航宙駆逐艦だということ。

本艦『シュンミン』と同じ艦種だ。

尤も『シュンミン』は改造が酷く、とても航宙駆逐艦とは言えないレベルにあるので、今では同じ艦種とは言いがたくなっているが、少なくとも改造前の『シュンミン』と同じ艦種の軍艦が二隻もいることだけは判明した。

「これはやすやすと近づけるものじゃないな」

「ええ、どうしますか」

メーリカ姉さんは俺にこの後のことを聞いてくる。

どちらにしても一度敵の所在が分かったので、報告を入れないと応援に来る軍とすれ違いになる。

「副長、一度殿下に報告する。応援とすれ違いにならないようにこの場所を伝えなければならないしな」

「ここからですと敵に近いかと。艦載機の電波は弱いからそう簡単に傍受されませんが、流石に本艦からですと敵に傍受される危険があります」

「副長、いったん下がろう。ある程度距離を取って殿下に場所を伝えてから戻ればいいだろう。その際、こちらからの発信が敵に悟られるから通信は受信のみとだけ伝えれば殿下の方で何かあっても考えてくれるだろう」

「分かりました」

俺たちは敵の拠点らしき場所を掴んだので、いったん下がることにした。

この場合敵に対しての監視が外れるから敵の応援があったり、逃げられたりしてもこちらが情報を掴めない危険があるが、それも考慮の上の判断だ。

何より安全を第一に考える。

死にたがりの俺が考える作戦が安全第一なんだからおかしな話だ。

これはある意味皮肉としか思えないが、やむを得まい。

俺らは十分に距離を取って殿下に敵拠点の場所と、現状分かり得た敵勢力を報告しておいた。

殿下からは軍から一個戦隊の応援を貰ったことを教えてもらった。

遅くとも三日以内に現場に到着するそうだ。

三日なら十分この場所に留まれる。

俺はこの後も監視することを伝えて元の場所に戻っていった。

これから応援が来るまで最長で三日間は退屈な監視作業に入る。

うちの乗員の練度から言って、通常には戻せないので、これから三日間は各自職場近くで睡眠と食事を取ることになる。

これは同乗している機動隊員と同じ処遇なので、文句は言えないが、それでもあいつらは耐えられるか少々心配だ。

かといって各自の部屋に戻す訳にはいかない。

見えるところに敵がいるのに、もし戻そうものなら一時間は戦闘できないことは火を見るよりも明らかだ。

今の準戦からだって二十分は見ておかないと心配だ。

最後の数字では十五分で臨戦になったが、それでもこの数字を次に出せる保証がない。

まあこの件についてては各班のリーダーを通して全員に通達しているからまず問題はないだろう。

あるのはこの退屈な時間の扱いだ。

とりあえず俺らは定期的に艦載機を飛ばして警戒に当たる。

初日は緊張感を維持できても所詮は若造だけの乗員たちだ。

二日目には飽きも来る。

「艦長。もう少し先に進めて調査しませんか」

副長のメーリカ姉さんは俺に提案してくる。

「そうだな、今のところ危険は感じないし……よし。艦を艦載機のいるポイントまで進めよう。隕石や小惑星の影に隠れるように進んでくれ」

「ハイ、十分に警戒しながら進めます」

『シュンミン』の持つ速度からは信じられないくらいゆっくりとした速度で、それこそ航路となっている空間から少し離れた隕石や小惑星が時折飛んでくる宙域を進んで、偵察に出している艦載機と合流した。

ここまで来れば艦載機を飛ばしている意味がない。

俺は艦載機を収納して、艦内のセンサーをフルに活用して付近の警戒を行った。

「攻撃可能範囲には人工物は見当たりません」

カスミからの報告で俺は安心して一息をついた。

「このまま警戒に当たってくれ」

俺は用意してもらったコーヒーを飲みながら副長のメーリカ姉さんに話しかけた。

「応援は早ければそろそろ到着するころだよな」

「ハイ、遅くとも三日と連絡を受けておりますから、計算では応援が来てもおかしくはありませんね」

「これからどうするかだが、応援を待つしかないか」

俺の独り言ともいえるこの発言を受けてカリン先輩から意見具申があった。

「艦長、具申したいことがあります」

「具申？　何か良い考えでも」

「はい、本艦がこの位置まで来ておりますから、もう少し先に艦載機を飛ばしてみてはいかがでしょうか」

「その理由は」

「一つには艦載機ならレーダーなどでも見つかりにくいことと、敵の航宙駆逐艦の種別の確認です」

「種別の確認か……」

「ハイ、もう少しはっきりと外観が分かれば種別の判別がつきます。それに何より外観から敵の武装が判明しますから、襲撃の際の安全性が格段に上がることが予想できます」

先輩の言うことは確かにそうだ。

敵主砲の数だけでも分かれば事前にこちらの対応策を決めておける。

まあ航宙駆逐艦と判明しているからそう違いはないが魚雷発射管があるのかないのかが分かるだけでも違うだろう。

「よし分かった。カリン少尉の具申を許可する」

「ありがとうございます、艦長」

「何度も言うがくれぐれも安全第一に行動してくれ。今度の襲撃の主力は軍になる筈だ。我らは軍が来るまでここに留まり情報の収集が第一だということを十分に理解して行動してほしい」

俺の許可を貰ったカリン先輩は早速後部格納庫に急ぎ作戦をパイロットに伝えている。

俺の許可から一時間後に艦載機は『シュンミン』から飛び立ち、これもとにかく十分に周りを警戒しながら敵に近づいていった。

三時間後に映像を貰って初めて敵の航宙駆逐艦の種別が判明した。

ブルドック型航宙駆逐艦の二隻だ。

このブルドック型航宙駆逐艦は王国最後の航宙駆逐艦型として生産された艦で、駆逐艦としては最高傑作とまで評価された艦でもある。

手元の資料では同系艦は三十隻まで生産されたとあり、この『シュンミン』もこの同系の二二番艦として生産された『ハウンドドック』という艦名であった。

尤も『シュンミン』はあの社長のおかげで外観こそ似ているがはっきり言って全くの別物になってしまったが、それでも改造を自分たちで行ったので、ブルドック型航宙駆逐艦の性能などは理解している。

「あのブルドック型なら今の『シュンミン』の敵にはならないね。二隻ならこの艦だけでも相手できるよ」

暢気にマリアはそう言っている。

メーリカ姉さんも同じ意見のようで楽観してすらいる。

まあ、敵が航宙駆逐艦と分かった段階で、それは分かり切っていたことなのだが、艦種が判明したことで安心につながったようだ。

考えたら当たり前の話で、ブルドック型は最高傑作と言われた艦でそれ以上の航宙駆逐艦は王国には存在しない。

王国以外の国ではまだ新造艦もあると聞くから、それだったらある意味危険もあっただろうが、あくまでもこの話も噂の域は出ていないので考える必要などなかった。

艦橋内にある意味緩い空気が流れた時に軍艦おたくのカスミがおかしなことを言い出した。

「艦長、おかしくはないですか」

「おかしい？　何が言いたいんだ、カスミ」

「軍艦ですよ、相手は軍艦。この艦もそうでしたが、軍艦はたとえ廃艦になってもきちんと処理される筈ですが、何であそこにいるんですか」

カスミの疑問は、最初理解できなかったがその後に続く言葉でことの重大性に気が付いた。

「軍艦が処理されずに海賊に渡ったか、ひそかに海賊に便宜を図る奴が関係者にいたかですよね」

そうなのだ。

本来軍艦を海賊が持てる筈はない。

前に鹵獲した航宙フリゲート艦はお隣の運用ミスで海賊に鹵獲されたことが分かっているので、艦歴がはっきりしている。

しかし、この『シュンミン』も含め目の前の二隻の航宙駆逐艦の艦歴が怪しい。

生産された三十隻のブルドック型航宙駆逐艦は全てが軍を退役しており、一部がコーストガードに払い下げされたが、それもとっくに退役している。

各星域にいる貴族の私設軍隊にも払い下げされたこともあると記録にはあるが、今航宙駆逐艦が現役でいるのは、その貴族の軍くらいしかない。

うがった見方をすれば、目の前にある航宙駆逐艦はその貴族が運用している私設軍の可能性すらあるという。

そうなると非常に厄介な問題を孕んでくる。

敵駆逐艦との戦闘

まあ、王国で生産された数が三十隻となっているが、これには輸出分は含まれていないので、先に鹵獲した航宙フリゲート艦のように輸出先で鹵獲されたものかもしれない。

あまり難しく考える必要もないだろう。

「カスミの言い分は分かる。でも、輸出された分については王国での管理はされていないだろう。どちらにしても、応援が来ればあいつらを逃がさずに捕まえるからその時に艦名まで判明する。そうなればさっきの疑問もはっきりするから、難しく考える必要はないだろう。少なくとも今はだが」

「そうですね。初戦のようにバラバラにしなければの話ですが」

「そういうことだ。聞いていたかケイト」

「は？　何ですか」

ケイトのすっとぼけた反応に艦橋内に失笑が漏れた。

往々にして事件とはこんな感じの緩んだ空気の中で発生するものなのか。

艦載機から緊急の無線が入った。

敵艦載機に発見され攻撃を受けているという。

この連絡を受け、カリン先輩が俺に応戦の許可を求めて来た。

俺は何よりも部下の命を優先する。

間髪入れずに応戦を許可して、すぐにメーリカ姉さんと善後策を考える。

俺は完全に失念していた。

艦載機はなかなか発見されないということは敵の艦載機も発見しにくいということだ。

もし偶然が重なって発見されれば今の優位性もなくなる。

この時は運が良かったのか、敵艦載機は明らかに旧型。

多分ブルドック型航宙駆逐艦に初期から搭載されていた物だったのだろう。

こちらの艦載機は最新型も最新型。

開発中の採用前の艦載機だ。

尤も理由は分からないが採用が保留となっているものだが、性能面では雲泥の差がある。

ほどなくして敵艦載機を三機撃墜したと連絡が入った。

しかし、安心はできなかった。

まあ当然な話だが、艦載機をロストした航宙駆逐艦の方で、少なくとも敵の存在を認識したのだ。

それほど間を空けずにカスミからの報告が入る。

「敵レーダー波を受信。敵に発見されました」

この段階なら逃げることは可能だが、応援も予定ではすぐ傍まで来ている筈だ。

今回は敵駆逐艦に逃げられるわけにはいかない。

先のカスミの話ではないが、敵航宙駆逐艦の艦歴を調べない訳にはいかないのだ。

ちなみに改造前の『シュンミン』の艦名『ハウンドドック』は十三年前の戦闘時にロストされたと記録にある艦なので、敵国との戦闘時に航行不能になった状態でカーポネたちに鹵獲されたものと俺らは判断している。

「これより敵航宙駆逐艦との戦闘に入る。通信士、殿下に無線連絡だ。現在位置を知らせ、要請中の応援を急がせてくれ」

「艦長、艦載機には敵駆逐艦との交戦を命じます」

「艦長、我らにも協力させてくれ」

アイス機動隊長が俺に言ってくる。

二隻を相手にするのだから、俺たちの練度では厳しい。

完全に破壊するならまだ手はない訳ではないが、それでもこちらも被害を計算に入れないといけない状況になるだろう。

少々危険な作戦ではあるが、アイス隊長に俺はある作戦を相談してみた。

『シュンミン』の持つ高速性を利用して、二隻を引きはがし、艦載機を使って『シュンミン』から遠い方を強襲してもらう作戦だ。

敵の乗員は多くとも百三十名。

しかも戦闘中なので、艦内で戦闘が起こっても対応できる人数に限りがある。

半数は艦内操艦及び攻撃に従事している筈なので、機動隊員が戦闘で相手をするのが倍の六十名は越えない筈だ。

その上で、強襲乗艦をするかどうかを聞いてみた。

「艦長、ぜひやらせてほしい」

「分かりました。目標は動力部です。機関室を全力で確保して下さい。確保後は速やかに動力のシャットダウンをお願いします」

「分かりました。これより機動隊は作戦行動に入ります。内火艇は搭載機管制官に従います」

「カリン少尉。内火艇の指揮を任す」

「了解しました。アイス隊長。速やかに内火艇に機動隊員の乗船を命じます」

「副長、うちらはすぐに応戦の準備だ。内火艇を発艦したらすぐにこの場を離れるぞ。できる限り派手に目立つように飛び出してくれ」

「艦長、フォード船長より入信。後六時間後に現着予定です」

「六時間後か。最悪よりはましか。まあ、こちらとしては選択の余地はないし、予定通り作戦を継続する。臨戦体勢に入り次第、戦闘を開始する」

………

「命令後十四分で臨戦態勢に入りました」

「内火艇、今発艦確認」

「副長、操艦は任す。派手にやってくれ」

「『シュンミン』発進。速度十二宇宙速度へ。目標敵駆逐艦前方零ポイント二の距離をかすめて右側に抜ける。再度艦首を敵艦に向け攻撃の開始」

「了解しました」

「副長。敵艦をかすめる時にパルサー砲を敵に向け発砲してくれ」

「え？　いくら駆逐艦でも大した効果は……」

「でも相手は頭に来るだろう」

「攻撃主任。聞いての通りだ。右パルサー砲に命令を出せ」

「了解しました」

実際に戦闘が起こるまでには時間がかかった。

俺らが発見された場所が敵からかなり距離があったこともあり、俺らが敵にパルサー砲を発砲するまで、最初の命令から一時間後だった。

応援が来るまであと五時間。

このままだと応援が来る頃にはここは片付いている。

その時には軍には敵の拠点として使っている小型のスペースコロニーを強襲してもらおう。

「敵駆逐艦の発砲を確認。推定コースは本艦を外れています」

「よし、そのままの進路を取れ」

「まもなくパルサー砲の射程に入ります」

「射程に入り次第、各自の判断で発砲」

ケイトが落ち着いて命令を出している。

緒戦から比べれば十分に成長した。

このまま順調に推移すれば俺らの計略に敵は嵌る。

「艦載機、左の敵艦に攻撃態勢に入ります」

「主砲を中心に攻撃を開始してくれ」

カリン先輩は実に上手に艦載機を扱っている。

今回は敵艦を沈めることを目的にはしていない。

そうなると艦載機の持つ航宙魚雷は駆逐艦相手では威力が大き過ぎてそう簡単には使えない筈だが、カリン先輩はあえて艦載機に航宙魚雷の発射を命じた。

しかも、敵艦をかすめるコースで魚雷を発射させ、敵艦の行動を抑えたのだ。

その瞬間を見事にとらえて、内火艇は後部ハッチに近づき、強襲乗艦に成功したと連絡が入る。

後は機動隊員の成功を祈るだけだ。

こちらも艦首を敵艦に向きなおして主砲を発射する。

数発の斉射で見事敵主砲の無力化に成功する。

そうなると敵は逃げに入るが、それもこちらの主砲で牽制して降伏勧告を出した。

こちらの降伏勧告に対して返信があった。

『止めだ止めだ。てめ～ら、おれらがシシリーファミリーだと知っての攻撃か。俺らを攻撃してただで済むと思うなよ』

「あいにくだが、俺らは公務員でな。そんな脅しには屈しない。そもそもこれも仕事の範疇だ」

『軍か、それとも警察か。どちらにしても俺らシシリーファミリーには心強い後ろ盾がいるんだ。たとえ軍だろうがただで済むと思うなよ』

オイオイ、きな臭い話が早速出て来たぞ。

まさか応援に来る軍が俺らに攻撃してくることはないだろうが警戒だけはしておこう。

敵の啖呵を無視して降伏を勧告する。

向こうも諦めたのか、こちらの指示に従うようだ。

どうも心強い後ろ盾をかなり期待しての行為のようだがはたして彼の思惑通りに助けてもらえるか見ものだ。

副長はてきぱきと仕事をしていく。

カスミの確認で敵艦は王国で使われていた艦だと分かり、艦隊指揮権コードを送らせる。

これは艦隊指揮官が自分の艦隊に所属する船の行動をリモートで制御できるシステムを立ち上げ

るのに必要なコードだ。

海賊さん達はそんな物騒なものがあることを理解していなくて、なかなか目的のコードを見つけられなかったが、カスミが懇切丁寧に海賊相手に説明して艦長席にあるエマージェンシーボックス内にある資料から探し出させて送らせた。

艦隊指揮権コードを貰ったカスミは早速『シュンミン』のシステムを使い、敵の航宙駆逐艦のリモート制御に取り掛かる。

最初に行ったのが艦船の指揮権の奪取だ。

早速セキュリティロックを掛けて、向こうからの操作を無効化して、完全に指揮下に置いたら俺に指示を求めて来た。

「人工重力を切っておけ。生命維持装置はそのままにしておくしかないが、重力を切っておけば動きをある程度抑えることができる」

「了解しました」

カスミが『シュンミン』から操作して人工重力を切ったら早速向こうから口汚く文句を言ってきた。

うるさいので無線を切ろうかと思ったが、とりあえず脅しておく。

「とにかく黙ろうか。でないと次は空気を抜くよ」

俺の脅しの効果は覿面《てきめん》ですぐに向こうは黙った。

すると通信機を扱っていたカオリから報告が上がる。

「艦長、応援の軍隊が来ます」

予定より二時間は早い。

「向こうは何か言ってきたか」

「いえ、こちらからの指示を求めております」

「なら、敵拠点の強襲を依頼してくれ。流石に俺らではあの規模は無理だ」

「軍からの返信。了解したとのことです」

「艦長」

今度はカリン先輩だ。

「どうした?」

「ハイ、アイス隊長より入信。機関室占拠に成功。現在緊急シャットダウン実施中。指示を待つとのことです」

「こちらも片付いたし、向こうの応援に行こう。副長、向こうにも降伏勧告だ」

「艦長」

急に忙しくなってきた。

ほとんど戦闘が終わった筈なのだが、なぜかしら戦闘が終わるころになってにわかに慌ただしくなってきた。

「殿下から入信。あと三時間で現着予定。現在三隻の軍艦に護衛されながらそちらに急行中。先行して一隻の軍艦が向かっているがそちらの指揮を頼むとのことです」

殿下からの無線は、応援の到着が殿下からの指示よりも早かったことで話が前後したが、どうも軍との話で、指揮権については決着しているらしい。

しかし、一介の中尉が少なくとも佐官以上に対して指揮するとは何だろうな。

ありえないだろう。

まあ、この場では俺は殿下の代理という扱いで済ませたのだろうが、俺の胃が持たない。

正直共同して敵に当たらなくてよかった。

もうあっちの拠点は全て軍に任せよう。

三時間もすれば殿下も着くし……いや待てよ、殿下がここに来る？？？

おかしくないか。

こんな危険な現場に殿下が来るなんてありえないだろう。

「艦長」

副長のメーリカ姉さんの呼びかけで俺は現実世界に戻って来た。

とにかく目の前の仕事に集中しよう。

「向こうも降伏を受け入れました」

「『シュンミン』を横付けして、マリアを連れて機関室へ行ってくれ。非常停止したエンジンを動かさないといけないしな」

「え？　起動させても大丈夫なのですか」

「カスミ、あの船も管理下にあるんだろう」

「ハイ、先ほど処理は終わっております」

「なら一緒だ。どう考えても敵の方が人数は上だ。余計なことを考えずに、船ごと留置場にしてしまうしかないだろう。後は軍なり、殿下なりの判断を待つ」

「分かりました。エンジンが作動し次第、機動隊員たちを引き上げさせて重力を切りますね」

同期との再会

「艦長、機動隊の皆さんがマリアたちを連れて帰還しました」

「怪我人の報告は受けているか」

「いえ、誰からもまだです」

………

………

「たっだいま～」

ひどく間の抜けた声で挨拶をしながらマリアが帰ってきた。

「おかえり、どうだった」

「え？　何が」

「マリア、まず報告しろよ」

「あ、そうでした。あの艦、酷かったですよ。まあ以前のこの艦よりはましですが、まともな整備は受けていなかったでしょうね。機動隊が緊急停止したから、あっちこっちガタが出ていました。とりあえず動かしましたが、いつ壊れても不思議のないレベルですね」

マリアの報告から、少なくともあの航宙駆逐艦は現役でどこかの軍に所属していたとは思えない整備状況のようだ。

貴族の私設軍では、整備不良なんか割とあるそうだが、それでも貴族が直接関与したかは分からないまでも、貴族が自分の私設軍に直接海賊行為をさせる馬鹿がいるとも思えない。

俺も貴族社会に詳しい訳じゃないが、もしあれが貴族の軍なら何かしらのカモフラージュくらいはするだろう。

ひとまずは、マリアがエンジンを動かしたことで、リモートでどこでも運べる状態にはなった。

「そうか、これで敵軍艦の制圧は完了したことになるな」

「そうなりますね。艦長、この後は」

「それよりも、あっちのコロニーはどうなった？」

「二時間前にスペースコロニーの制圧は成功したようです。今は残党狩りの最中だと軍の戦隊司令から連絡がありました」

「殿下はどうしているのかな」

「そ、それが……」

「どうした。何があった」

「今から一時間前に制圧の済んだスペースコロニーの中央制御室に入られたと、殿下から連絡がありました」

「え？　だって、まだ残党狩りの最中だろう。安全の確保はどうしているんだ」

「周りに軍が少なくとも二個小隊は待機しているから大丈夫だそうです」

「そんな訳あるか。まあ俺の責任でどうとかなる訳じゃないし、それに俺に殿下を止められる筈もない。かわいそうなのは保安室長だろうな。後で絶対にお叱りを受けるぞ。下手をすると陛下から直接な」

「そうなんですか」

「分からない。それより、殿下に報告だけでもして、この場を離れよう」

「え？　何でですか」

「嫌な予感がする。絶対に面倒ごとに巻き込まれる」

「何を言っているですか。面倒ごとは日常茶飯事でしょ。とりあえず報告だけは入れておきます」

副長のメーリカ姉さんから中央制御室にいる殿下に報告を入れてもらった。

すぐに折り返しで殿下から二つの指令が入る。

一つ目は、こちらで確保している捕虜の件だ。

スペースコロニーで確保した捕虜と一緒に軍で管理してもらえることになったので、こちらに運んでほしいとのこと。

二つ目に、捜査に人手が足りないから、そちらにいる機動隊員をコロニーに運んでほしいということだった。

俺は殿下からの指令を受け鹵獲した二隻の航宙駆逐艦を引き連れて、大して広くないスペースコロニーのポートに入っていった。

正直ここのポートはスペースコロニーとしては狭い。

そのままでは先に入った軍の航宙フリーゲート艦が邪魔になり俺の艦を入れることができなかったので、ポート内にいる軍の艦を出してもらった。

このスペースコロニーはポートが狭く、作業には苦労しそうだが、元々が海賊の秘密基地だ。

この広さで問題がなかったのだろう。

そんなことを考えながら俺は副長を伴いポートに降りた。

ポートでは軍の士官が俺らを出迎えてくれることになっている。

自艦からポートに出たら三十人ばかりの軍の一団が俺らを待っていた。

そのうちの一人の士官が俺の前に来て挨拶をしてくる。

その士官が同期のマークだった。

まさか、ここでマークに出会うとは思ってもみなかった。

マークは敬礼をして所属を名乗る。

「第一艦隊補給艦護衛戦隊所属マークじゅ…………え？？？　ひょっとしてナオ……か？」

非常に驚いた顔をして確認してくる。

後ろにいた二人の士官もおかしな雰囲気に気が付き、確認のためこちらに近づいてきた。

後から来た二人とも顔は知っている。

それほど話したことはないが、二人とも同期の連中だ。

当然、マークでも驚いていたのだが、二人とも俺を確認すると固まった。

「やあ、マーク。しばらくぶりだな。あ、今公務中だったな、ごめん、やり直す。改めて言い直して挨拶するとしよう。広域刑事警察機構設立準備室所属、航宙駆逐艦『シュンミン』の艦長、ナオ・ブルースです。お出迎えありがとうございます。また、今回の応援の依頼を受けてもらい感謝いたします。殿下の指示により、軍への捕虜引き渡しの件の処理をお願いします。実務は副長のメーリカ少尉に任せておりますので、そちらと話し合ってください」

「こんにちは、マーク准尉。あの時以来ですね。今回はよろしくお願いします」

後ろで固まっている二人に気付いたマークは二人を俺の前まで連れてきて、挨拶をさせた。

「え、え、ひょとしてナオ君なの」

「何を言っているの、失礼でしょ、ソフィア」

「だ、だって、しょうがないでしょエマ」

「二人とは卒業以来だな。久しぶり、ソフィア准尉とエマ准尉」

「し、失礼しました、艦長」

「そ、それにしてもどうして。艦長はその……」

俺たちの会話が制圧したばかりの戦場というには完全に場に合っていないので、俺らの周りの雰囲気がその場にそぐわない。

不思議に思った彼らの部下の下士官の一人がこちらに向かってきた。

流石に、これ以上彼らを拘束するのはまずい。

「詳しい話はマークに聞いてくれ。マークとは卒業してからも数回会っているし、その時に説明だけはしておいたから」

「え？　俺は聞いていないぞ。俺はナオが艦長代理になったことは聞いていたが、いつ代理が取れたんだ」

「まあ、今そんな話をする時間はなさそうだな。後で時間が取れたならゆっくりと説明するよ。それよりもうちもそうだが、君たちの部下がしびれを切らしそうだ」

「マーク准尉、捕虜の引き取りをお願いします」

メーリカ姉さんが気を利かせて仕事にかかる。

こちらに向かってきた下士官に話を聞いて捕虜の引き取りについて相談を始めた。

蚊帳の外になった俺とマーク達士官はとりあえずその場で彼らの仕事を見守る。

あ、もう一つの依頼を忘れていた。

「マーク准尉。殿下からうちの機動隊を連れてきてくれと頼まれている。悪いが中央制御室に案内を頼めるか」

「マーク、ここは私たちが見ているから、その……ナオ艦長をお願い」

「ああ、分かった」

俺は無線で艦橋を呼び出してアイス隊長をこの場に呼んだ。

ほどなくアイス隊長は一仕事を終えた機動隊員を連れてここにやって来た。

見た感じでは誰も負傷はしていなさそうだ。

こちらの被害は今のところなしだということか。

俺は一安心して、集まった機動隊員を前にアイス隊長に話した。

「アイス隊長。殿下からの要請は聞いているでしょう。お疲れのところすみませんが、これから機動隊員をコロニーの中央制御室に案内します」

「気遣いは不要です、艦長。幸い機動隊の被害はありませんでしたから、まだまだ殿下のお役に立てますよ」

「こちらが今回応援で来てくれた軍のマーク准尉です。彼が殿下の元まで案内してくれます」

「機動隊のアイスです。よろしくお願いします、准尉」

「こちらこそ、機動隊長殿」

「艦長。こちらは私で大丈夫です。艦長もご一緒してください」

「なんで?」

「少し気になることがあります。前に捕まえた船には沢山の……」

「あ、そうだな。その件はまだ聞いていないな。分かった。そっちは私の方で調べてみるよ」

「マーク、俺もついていくよ。途中、コロニーの現状について知っているだけでいいから教えてほしい」

マークは俺の問いに真摯に答えてくれた。

本来なら隠さないといけないことが沢山ありそうなのだが、こちらでの主導権を完全に殿下が握っているようで、マークも上から何も隠すようなことは指示されていない。

それでも、マークが知っている情報は限られたものだ。

しかしマークの話で、一つだけ気になったのが、保護している人たちについてだ。

そこには数人を回して監視しているだけで、正直保護しているとは言えないようなことを言っている。

俺はその場所だけ聞いて、そこに向かうとアイス隊長に伝えてからこの一団から離れた。


初めてこの手で……


一応、俺の護衛として保安員が一人付いてきてくれる。

荒事に対して全く素養のない俺にとっては正直ありがたい存在だ。

ここはまだ残党狩りの最中、どこまで安全が確保されているか分からない状態なので、一人でもそういった人が付いてくれるのは心強い。

スペースコロニーの中はアルファベットと数字で管理されており、その場所を聞いていたので、俺でも迷わずに一般人を保護しているところまで来れた。

マークから聞いていた話だと大きめの会議室のような部屋に保護していると言っていた。

目的の場所に着いたら、マークから聞いていたように広めな会議室のような場所に十名近い男女が非常に疲れた顔をして座っていた。

入口のところにフル装備の軍人が数名待機して、この場所を守っている。

俺は、入り口で自身の所属を伝えて中に入れてもらった。

中に入り、すぐに近くにいた男性の一人に話を聞けた。

彼は客船の船医をしていたそうで、一月前に客船ごと襲われて、三日前にここに連れて来られたと言っていた。

彼の話では、ここで、臓器の摘出手術をするためにあちこちから医療関係者を集めていたという。

非常におぞましい話だ。

そんな彼が苦々しく俺に教えてくれたのは、海賊たちが仲間内で話していたことをたまたま聞いたことで、摘出する臓器の値段は子供の方が値が張るという話だった。

海賊たちは自慢げにどれだけ多くの子供たちをここに連れて来たかという話をしていたという。

そういえば、漂流中の船には多くの子供がいたが、ここにはいない。

え？

どういうことだ。

子供に価値があると言っているのに、この場には大人しかいない。

それにこの場にいる大人は臓器提供者ではなく、その臓器を摘出するための奴隷として連れてこられたようだ。

彼らが使えないと判断されればその場で臓器提供者に格下げになるとも言っていた。

となると、今ここで保護した人たちが大人だけだということは納得ができるが……そうなると、臓器提供を待つ人たちがどこかに別の場所にいる筈だ。

それも多くの子供も含まれることは彼の話からも疑いようのない。

ここに連れて来られた全員がすぐに臓器を取り出されて、捨てられたなんてありえない。

俺は無線で、殿下を呼び出してこのことを伝えた。

殿下は俺からの報告があるまで中央制御室にあって次々に挙げられてくる犯罪の証拠の重大さに驚き、精力的にその調査を行っており、被害者がいたことなど眼中になかった。

俺の報告で、その事実に気が付つくと、すぐに今の作業を中断して捜査員とこの場に着いたばかりの機動隊員全員に子供を含む一般人の捜索に掛からせた。

殿下も中央制御室のモニターなどを使い捜査をしている。

俺は、『シュンミン』にいる手隙の連中全員をこの場に呼んだ。

就学隊員はどの部署にいるのも関係なく全員をこの場に呼んで、今いる要保護者の面倒を見させた。

いずれ、これ以上の保護を要する人が見つかる筈だ。

今は人手を確保しておくことが重要になると判断したのだ。

この場の指揮をケイトに任せて、俺は成り行きを見守っている。

ほどなくして殿下から無線が入る。

俺の危惧したように沢山の子供たちを見つけたという。

俺は傍にいた就学隊員と下士官数名を連れて現場に向かった。

場所はここからすぐ傍にある病院のような建物の中だそうだ。

病室に当たる部屋は全てが格子で覆われており、明らかに監獄のようになっている。

その中に百名を超える子供たちが放置されていた。

監獄には当然のように鍵がかかっており、これを見つけた捜査員も困っていた。

俺は自分の腰にあるレーザーガンを取り出して鍵を壊しにかかる。

誰も俺の行動を止めようともしていない。

誰もがただ俺の行動を見守っているだけだ。

レーザーガンのエネルギーを半分ほど使ってどうにか人の通れるくらいの場所を作ることに成功した。

すぐに連れて来た就学隊員を使って子どもたちを保護していく。

とりあえず、大人たちを保護したあの部屋に連れて行く。

同じような部屋があと二つあり、そちらも今機動隊員が格子を壊して子供たちの保護を始めた。

俺は自分でも気が付かないうちに現場で指揮を執っており、無線を使って『シュンミン』のエーリンさんを呼び出して、すぐに厨房で作れる栄養があって消化に良いものをあの部屋に運んでもらうように指示を出した。

また、人手の確保のために就学隊員十名近くを『シュンミン』に戻してエーリンさんの手伝いをさせた。

とにかく俺はその場で声が枯れんばかりに指示を出していた。

保護している子供たちの衰弱も心配だ。

とにかく手隙な者たちには毛布なども探させ、あの部屋に運ばせた。

この辺りを走り回り大声で指示を出していると、二人の少女が疲れた顔をしながら俺の方に向かってきた。

そのうちの一人、幼い方の少女が俺に心配そうな目で訴えてきた。

「マー君がいないの。昨日連れて行かれてから戻ってきていない。マー君はどこ?」

その子は泣きながら俺に聞いてくる。

俺はしゃがんで少女に優しく聞いた。

「マー君はお友達かな」

「違うの、マー君はいつも私を守ってくれるの」

するとその少女の姉らしき少女が俺に近づいてきた。

「すみません、妹が。でも、マー君は妹にとって、いや私にとっても非常に大切な男の子なんです」

「そうか、なら捜さないといけないな。おじさんが捜してくるよ。君たちは皆と一緒に待っていてね」

その時、俺の中ではそのマー君は絶望的だとは思ったが、彼女には何も言わずに安請負してしまった。

後でどれほどこの時の会話を後悔したことか。

俺は少女の話からここ以外にも子供たちがいる場所がないかを探させた。

俺が忙しく走り回っていると俺の前にいつのまにか一人の男性が立っていた。

白衣を着たその人の目は完全に死んでいる。

どう見てもオカルト映画に出てくる亡霊と言ってもいいような雰囲気のある男性が俺に付いてこいと言ってきた。

俺は保安員を連れてその男性の後に続いた。

連れて行かれた場所は手術室を含む集中治療室のような場所だった。

そこにはその男性を含む二人の医師と数人の看護師のような人が、その場で呆然としていた。

しかも、一人の例外なく目が死んでいる。

何があったかは容易に想像がつく。

彼らがしていたことは生きている人からの臓器の摘出だろう。

本人の意思ではないだろうがそれでも許されることではない。

彼らも自分たちがしてきたことを理解しているからこそ、人であることすら辞めているような雰囲気を漂わせている。

その彼らに案内されるように中に入ると数人の子供たちが生命維持装置に繋がされて横たわっている。

「この子は持ってあと十時間といったところか」

ここまで案内してくれたその人は辛そうに俺に言ってきた。

そして、カルテを俺の前に提示してきた。

そこには心臓の摘出と書かれていた。

「なぜ？」

俺は思わず彼に聞いてしまった。

心臓を取られれば、後は死ぬだけなのにわざわざ生命維持装置を付けてまで生かそうとしているのか俺には分からなかった。

彼から聞いた話は、およそ人として尊厳など全く無視するような鬼畜の所業だった。

他の臓器の鮮度を保つためだと言っていた。

子供の臓器はいくらでも売れるが、それでも移植を待つ人と合う臓器などそう簡単に見つからない。

注文があればすぐに出荷できるように、生きている間順番に臓器を摘出して出荷していたそうだった。

この子の場合、緊急で心臓が欲しいとの注文を受けたので、最初に心臓を摘出したが、他の臓器も注文が入り次第摘出することになっていたそうだ。

これはまれなケースだとも言っていた。

この子は、他の臓器を売れるまでできる限り生かされていただけだった。

この子の心臓の摘出手術を八時間前、俺らがここを攻撃する直前に行ったと言っている。

「救うことは……」

摘出された心臓はこの傍にある筈だ。

彼は辛そうに一言「無理だ、心臓はもうない」

………

………

………

しばしの沈黙の後、俺は子供に繋がっている生命維持装置の電源を切った。

その子はすぐに静かに息を引き取った。

俺の中の最優先事項に変化が

初めて自分の意志で人を殺した。

今まで沢山の海賊の命を奪ってきた俺が、初めて目の前で、自分の意志で、殺意をもって人を殺した。

俺は自分でも知らないうちに静かに涙をこぼしていた。

俺をここまで連れて来たその男性も泣いていた。

しかし、ことはこれで終わらない。

ここには同様な子供があと五人はいる。

「誰も救うことはできないのか」

俺は腫らした目をしながら泣いている男性に聞いた。

しかし、その男性は静かに首を横に振るだけだ。

生命維持で生かされている子供はその電源を切ればいいが、そうでない子もいる。

そういう子供には苦しまないように麻酔を注射して殺していった。

全員が静かに息を引き取っていく。

あの幼い彼女たちが捜していたマー君もこの中にいたのだろう。

そのマー君を俺が殺したのだ。

もう俺は泣いてはいない。

心が死んだように暗澹《あんたん》たる気持ちではあるが、作業のように子供たちを殺していった。

俺が手を下す前に、俺の護衛に付いてきた保安員に対して「すべて記録に残してくれ。俺が子供を殺すところを。処罰は後できちんと受ける」と命じてある。

保安員も泣きながら俺のことを何も言わずにただ見ているだけだ。

全てが終わると、俺は殿下から呼び出しを受けた。

途中、保護中の子供たちを集めてあるあの部屋に戻り、あの少女たちを探した。

すぐに少女たちは見つかる。

少女たちの方から俺に近づいてきたのだ。

「おじさん、マー君は、マー君はどこ」

俺は約束した以上彼女たちに伝えないといけない責任がある。

俺は少女たちの前でしゃがみ込み、幼い彼女に目線を合わせて静かに伝えた。

「ごめん。マー君を助けられなかった。マー君は殺されていた」

少女たちは分かっていたのだろう。

俺の話を聞いてもすぐに泣き出さなかったのだが、徐々に彼女たちの目から涙があふれだしてくる。

俺は淡々と少女たちに結果を伝えただけだ。

しかも俺は嘘を彼女に伝えたのだ。

彼女たちにとって、マー君が殺されたことには変わりない。

しかし、伝える俺は違う。

彼は海賊に殺されたのではなく、俺が殺してきたのだ。

この嘘は弱い俺の心を守るためについた薄汚い行為だ。

それを俺は自分でも理解している。

そんな俺に姉の方の一人が小さな声で「マー君を探してくれて、ありがとうございます」と言ってきた。

しかし、それを聞いても俺の心には何も響かない。

もう俺の心は死んでしまったのかもしれない。

俺の心は乾いた砂漠のような状態になっていたのだろう。

俺は彼女に頭を下げてから殿下の元に向かった。

スペースコロニーの中央制御室にいる殿下の前で、俺は自分が先ほど行ってきたことを隠さずに全てを伝えた。

殿下は俺の報告を静かに聞いていた。

最後に俺は「すべては私の判断でしたことです。どのような処罰でも受ける覚悟があります。全ては私一人の責任です」

俺はそう言って、殿下の前で頭を下げた。

すると殿下が俺に近づいてきて、静かにこう言った。

「私はあなたの行為を支持します。貴方の行った行為は全て私からの命令で行われており、それを全て私は認めます。ですから、私からあなたを処罰することは何もありません。遅くなりましたが、一般人の保護を艦長に命じます。その際に一切の行為に関しては艦長の判断に全て任せます。もう一度言いますね、私はあなたの行為について処罰しません」

そう言うと殿下が俺の下げている頭を優しく胸に抱え込むように抱きしめ俺の耳元で囁くようにこう言ってくれた。

「あなたの責任ではありません。全ては私の責任です。すみません、貴方を苦しめて。この業《ごう》はあなただけのものではありません、私も一緒に背負います。貴方と一緒にこの業を私は背負います。

いや、背負わせてください」

殿下の優しい声でこのお言葉を聞いときに、完全に壊れていた俺の心に変化が生じた。

もう何も感じることがないと思っていたのに、砂漠に雨が降るように俺の心が何か暖かなものに包まれていく感じがしてくる。

気が付くと俺は声を上げ泣いていた。

止めどもなく涙がこぼれて床に落としていく。

俺のずっと傍にいた保安員も泣き始めている。

殿下も泣いたのだろう。

俺の頭に殿下の涙が落ちるのを感じたぐらいだ。

この時に俺の心の中で何かが起こった。

そう、俺の中の優先順位に変化が生じたのだ。

俺の中では、今までは『かっこよく殉職する』ことが一番だったが、この時にその順番が変わり、新たに『こんな不幸は二度と起こさせない』という気持ちが強くなり、『こんなことをする海賊を絶滅させる』が初めて最優先事項になった。

俺って、ひょっとしたら大泣きするたびに人生観が変わるのか。

心の隅で、ちょっとだけこんなくだらないことまで考えてしまっていた。

俺が泣き止むのを待って、殿下は静かに俺から離れた。

俺の目に生気が戻るのを確認した後にもう一度殿下は命じてきた。

「今保護している人たちを速やかに首都に運びます。要請中の王室監査部がここに到着次第、首都に戻ります。それまでに保護中の人を全員『シュンミン』に乗せておいてください」

殿下は泣き止んだ赤い目をしながら俺に命じてきた。

俺もすぐに敬礼姿勢を取りながら、命令を拝命した。

あとで、保安室長から聞いた話だが、今回の件は殿下の心にかなり大きな爪痕を残したようだ。

ここは海賊たちだけの問題では済まないことがありありと分かる証拠ばかりが出てきた。

殿下は王国の先行きに大きな不安を感じ、精力的にその対応に追われていたところに俺のしでかした業まで背負わせる羽目になった。

それでも心が折れることなくご自身の仕事を精力的にこなしていたのだ。

俺はこの時殿下に心酔したのかもしれない。

この先、俺は殿下のために、王国のためにこんな薄汚い海賊の取り締まりに全力を注ぐことを強く誓った。

俺は先ほど少女のいた場所に戻り、それこそ声が枯れるまで現場で指示を出して、一人でも多くの子供を保護していく。

この場所に連れて来た子供たちの中には、体力的にも危ない子もいたが、とにかく治療が必要な人を探しては、できる限りに丁寧に接していく。

先ほど生命維持装置の傍で会った医療関係者や、保護中の医療関係者に協力を仰ぎ、治療の必要な子供たちに治療をしながら『シュンミン』に連れて行く。

連れて来た人は三つある多目的ホールに、容体別に分けて収容していく。

とにかく、治療が必要な子供たちには、空きのある船室のベッドに寝かせるなど、これ以上の死者の出ない措置を取りながら、殿下の指示を待つ。

それほど待たされることなく王室から監査部の人たちが、王室警護に当たっている軍人を引き連れてやってきた。

ここのポートが小さいために、応援が来た時に俺らは鹵獲した二隻の駆逐艦を引き連れて外に出る。

どうも、この駆逐艦の面倒は最後まで俺らが見ないといけないようだ。

程なくしてコロニーから追い出された『シュンミン』に殿下が内火艇を使ってやってきた。

捜査員と、機動隊員は引き続きこのコロニーで捜査を続けるようで、俺は殿下を連れて首都に戻ることになった。

いつ壊れるかも分からない航宙駆逐艦二隻を連れてなので、高速での移動は望めない。

一応駆逐艦スペック上限に近い四宇宙速度で首都に戻ることにした。

幸い、スペースコロニーの捜査で、今まで探していた航路も分かり、今回はその航路での移動なので、いったん商用の航路まで戻るといった無駄がなかった。

そういえばあの後マーク達に説明すると約束していたが、会うことすらできなかったな。

今度あったらきちんと説明しておこう。

しかし、何を説明すればいいのか、俺には分からない。

俺は首都星『ダイヤモンド』に向かう途中こんなくだらないことをふと思い出した。

なにせ、今は俺にやることがない。

首都に戻るだけだと、本当にやることがないのだ。

副長のメーリカ姉さんやカリン先輩が優秀なので、指示すら出さずに全てが回る。

子供たちの保護についても、ケイトが率先して行っているのだ。

そういえばここの乗員たちのほとんどが孤児院出身で、こういった扱いに慣れている。

ケイトも孤児院出身で面倒見の良いお姉さんだったのだろう。

ポンコツの部分もあるが、なんとなくマキ姉ちゃんに通じるものがあると、この時初めて感じた。

また、殿下が今回捕縛した者たちからあの医療従事者を連れてきているので、彼らを使って診療も行わせていた。

今の殿下は保護した子供たちの世話に全力で当たっている。

王国の存続を揺るがせかねない、悪徳貴族に関しては完全に王宮の監査部に任せているが、どうなるのかは俺には分からない。

ただただ、今は時間だけがゆっくりと過ぎていくのを傍観しているだけだ。

書き下ろし番外編

私はカリン

私の名前はカリン。

陛下の派閥に連なる伯爵家を寄親とする子爵家の娘だ。

家名については寄親や子爵である父親と考えを必ずしも同じとしておらず、若干の憚《はばか》りがあるのでここでは伏せてください。

第三王女殿下の御学友になって以来、王女殿下のお考えに賛同して、今では殿下の剣でありたいと考えているために、どうしても父たちのお考えとは相いれない部分も増えてきております。子爵家の娘としては失格なのでしょうね。

後悔などは一切ないのですが。


それにしてもおかしな話で貴族は例外なく陛下が率いる派閥に属さないといけないはずです。というよりも、陛下が国を率いるので、それに協力してこその貴族なのだが、この国ではかなり前からおかしくなっているのが現状なのです。


各地に派閥ができ離散集合を繰り返し、現在では二大派閥に、弱小の派閥がいくつかあります。

それで、非常に残念な話なのですが、陛下の派閥はいくつかある弱小派閥の一つとなっています。

私の父は先代よりも前から陛下だけに忠誠を誓っておりますので今日でも陛下の派閥に属し現在も父の態度は変えようとはしていません。

私はそれを誇りにこそ思いますが、成長するにつれて世の中が見えるようになり今日では、若干異なる考えが芽生えてきました。

私が幼少教育の終盤に差し掛かるころに第三王女殿下の御学友としてお傍に侍ることを許されたころから私の考えに変化が現れました。


私が仕える第三王女殿下は、一口に言いますと……いや、一口では表現できません。

ここだけの話にしていただきますが、王女殿下は普通ではありません。

あえて不敬となる表現を使わせてもらえるのならば、それしか表現の方法を私が知らないためですがこう表現せざるを得ません。

とにかく貴族の範疇には収まらない性格をお持ちの方です。

なので、不敬にならない表現はひょっとするとこの国には存在しないのかもしれません。

少なくとも私は今日まで知りえませんでした。

それくらいおかしいお方なのです。

それに何よりあのお方の行動力が普通ではありえません。

初等教育を終え、中等の教育に進む頃になると、王都の街並みをほとんど護衛もつれずに歩き回り、国のありさまを直にご確認する方だったのですから。

その王女殿下と親しくさせて頂くうちに親友のような関係を持たせていただいておりますが、そのことについては大変光栄なのですが、私も王女殿下に引きずられて、貴族らしからぬ行動をとる羽目になります。殿下の振る舞いはもはや愛嬌としか言いようがありませんでした。

私も王女殿下に引きずられるように皇宮に近い首都周辺を直に視察する機会が増えるにつれ、国の行く末に非常に危機感を抱くようになりました。

それからというもの、機会があるたびに王女殿下と国の未来について話し合うようになりまして。

当然子供だった私たちには妙案など浮かびようがありませんが、それでも私たちは真剣でした。

本当に真剣に王女殿下と国とは何か、何のためにあるのか、なぜ昔の大帝国はバラバラになり滅んだのかなど、およそ答えのない疑問を話し合いました。

でも全く成果がなかったわけではありませんでした。

長らく話し合ううちに私と王女殿下とで、国のあり方について意見は同じくなりました。

それは、国のありようはどうあるべきかについて『国民の笑顔』を守るという一点に集約されるというものでした。

貴族に限らず、いやたとえスラムに住む庶民においても一人でも多くの国民の笑顔を守るために国があるということが国のあるべき姿だとお考えでした。

翻《ひるがえ》って、今この国のありさまはどうなのでしょうか。

それを考えますと、真逆の方向に進んでいることが子供であった私たちにも見えてきます。

その元凶となるところに貴族がいるのもすぐに理解できました。

決して貴族が不要とか、害悪とかなどとはお考えではありませんでした。

それは私も王女殿下と同じでした。

王女殿下の父君である陛下も同じようなことをお考えだと王女殿下からお聞きしています。

しかし、その打開策については王女殿下と陛下とではお考えに若干の違いあるらしく、王女殿下は中等教育を終える頃になって、独自の方向に進むことをご決心されました。

陛下のお考えとは、ご自身の派閥を大きくして、そのお力で貴族たちを押さえていきたいということだと私は王女殿下からお聞きしております。

しかし、それではいつまでたっても庶民は浮かばれてこないでしょう。

そのように王女殿下はお考えのようです。

とにかく私たちはあれからも何度も話し合い、何をすべきかを考えていきました。

いよいよ将来の進路を決める頃になり、王女殿下は国の治安を先に片付けるご決心をなされました。

このお考えに至った経緯は、王女殿下が国の辺境においての海賊の被害の実情を知ることとなり、猶予がないことをご理解したためであったと、今考えますとそう思います。

我が国の辺境の治安は酷いの一言では言い表せないくらいに酷いと聞いております。

辺境の特に便の悪いコロニーに派遣される官僚の方の安全が常に脅かされており、聞くところによりますと、貴族でもない出自の悪い方が派遣されるような場所では殉職を覚悟しないと務まらないとも聞いております。

また、王女殿下が尊敬しているブルース提督の御意思をご自身で引き継ぐ御覚悟を決めたためでもあったこともそれをお選びになった原因だと思います。

ブルース提督が存命時代のこの国は、警察が惑星やコロニーの治安を、それ以外の宇宙空間については宇宙軍が担っていました。

当然貴族が持つ領地には貴族の私兵にあたる貴族軍もおり、宇宙に跋扈する海賊たちを取り締まる責任がありましたが、現実にはそうなっていませんでした。

第三王女殿下も非常に残念にお考えのように、その状況は今も変わりがありません。

とにかく宇宙軍は敵対する隣国との小競り合いもあり、国防が第一に置かれていたために、どうしても国内の治安維持がおろそかになる傾向があります。

ブルース提督は軍を退官する前に首都周辺だけでも守れるようにと、ご自身が先頭に立ち首都宙域警備隊、通称コーストガードを創設しました。

ブルース提督のお考えは、ご自身が創設したコーストガードで培った経験をもとにノウハウを蓄積して各地の貴族軍に展開していけば軍に頼らずとも国内の治安、特に海賊の取り締まりには絶大な効果が望めるとお考えだったと聞いております。

首都周辺については設立されたコーストガードのおかげもあり、以前とは比べ物にならないくらいに治安を守ることに成功しましたが、他を見渡せばかえって酷くなったようにすら思える状況になっております。

ブルース提督のお考えの及ばなかったことを論《あげつら》うことは致しませんが、王女殿下との話し合いでも、これについて何度も意見を交わしました。

貴族が仕事をしていない。

まさにこの一言に尽きるのだと思います。

なので、王女殿下は、とにかく海賊だけでもせん滅するための新たな組織についての構想を練っておられました。

高等教育も終盤に差し掛かりしのある日、私は王女殿下と初めて口論をしてしまいました。

それぞれの進路について、始めて王女殿下と意見が合わなかったためです。

王女殿下は、私が大学でも殿下と一緒の勉強して、ずっとご自身の従者として仕えてくれるものだとお考えだったようなのですが、私は王女殿下の剣となり、殿下をお守りしたいと殿下にお伝えしました。

私の家は、代々軍人を輩出しております。

父は宇宙軍で将軍職を拝命しておりますし、兄もエリート士官養成校を優秀な成績で卒業して、今は第一艦隊に所属して将来を嘱望されていると風の噂で聞くことがあります。

そんな父や兄に私も続きたかったのです。

はるか昔はどうなのか知りませんが、今の時代女性で優秀な軍人はたくさんいますし、何より将軍を拝命する女性も一人二人ではありません。

なので私が軍人を目指すのも別に珍しい話ではありません……と言いたいですが、私のように貴族の子弟、それも騎士爵のような一部では下級貴族ともみなされない貴族でなく、子爵ではありますが下級貴族の中でも上位に位置して、父の功績もありますし、兄に功績の一つでもあれば上級貴族の伯爵にも陞爵されそうな家では珍しい部類になるようです。

私のような貴族の子弟は普通ならば礼儀作法などを学び貴族社会の中で生きていくのが普通とされますが、私はあえて軍人を選びました。

それが王女殿下には裏切りにも似たようにお感じになられたようです。


「カリン。私はカリンがずっと私を助けてくれるものと思っておりました」

「はい、私の気持ちは変わりません。王女殿下のお力になりたいのです」

「それならばなぜ軍人に？　役人を志すのならばわかりますが……」

「確かに将来的には優秀でそれなりの地位にいる役人は必要になるでしょう。しかし、殿下がなされようとしていることのためには力が必要なのです。私が軍で昇進を果たし一個戦隊でも預かるようになる必要を感じております」

「それまで、国が保つのですか」

「確かに、その心配はどうしても付きまといますが、それでも絶対に武力は必要です。殿下が必要とされていることには武力は必要ですが、私以外にどこからその武力を持ってこられるとお考えですか」

「……わかりました。カリンの気持ちも理解しました。これからは競争ですね。国が亡ぶ前に私の組織ができるか、カリンが軍から戦隊ごと私に持ってこられるか」

「はい、殿下。必ず武力を殿下の元にお持ちします。なに、長くは待たせません。そうですね十年、十年あれば殿下の元に駆けつけます」

「十年ですか……長いようでいてきっとすぐに時間は過ぎるのでしょうね」

……

……

……

昔、こんな会話をした覚えがありますが。本当に王女殿下は私の予測よりも格段に早く十年どころかわずか数年で、しかもどこからも文句の出ないくらい実績を挙げて、ご自身の組織をお立ち上げになりました。

目の前で陛下よりその勅命を王女殿下は賜っております。

もっともまだ準備室ですが。『広域刑事警察機構』という組織の長官としての勅命を。

今日、私はかなり無理やりに軍から休暇をもらい王女殿下の招きで、この式典に参加しています。

私も早く殿下のもとに馳せ参じたく思います。

あとがき

こんにちは、のらしろです。

本書を最後までお読みいただきありがたく思います。

シリーズ物として本作を発売していただけるのも、ひとえに私の作品を応援してくださる読者様あってのことと感謝しております。


本シリーズもいよいよ第二巻目となりました。

おかげさまで、第一巻はある販売サイトでの評価もそこそこのものをいただきました。

そのサイトで『スペースオペラの序章』というタイトルでのレビューを頂きました通り、第一巻は導入的要素の強いものとなっておりました。

本書では、いよいよ主人公たちの本領発揮と言いますか、あのでたらめさに拍車がかかっての活躍となっております。

第一巻では主人公のナオは巻き込まれての海賊とのバトルがありましたが、この巻では所属も変わり、いよいよ本格的に自分たちで海賊たちを探して回り、海賊討伐にあたっていきます。

一巻ではほとんど書けていなかった宇宙船でのバトルも本巻では書かれており、本格的にスペースオペラと言える要素も入った巻と自負しております。

物語的に避けて通れなかったことですが、胸糞悪い場面も出てきましたが、そんな悲惨な状況においても周りの助けも借りて主人公たちが成長していく場面なども楽しんでいただけたら筆者冥利に尽きます。

まだまだシリーズとしては続きます。

スペースオペラの世界に浸って、ひと時の幸福をお楽しみください。

世の中は、いよいよ秋も深まり例年ですと初冬の時期ではありますが、暖冬の影響ですか、まだ街の中には紅葉もきれいな所も多くあります。

そのような中で神宮の銀杏並木は一足早く冬の装いに姿を変え、その中を散策してまいりました。

ここは『読書の秋』のように、寒い冬の日にこたつの中で読書と洒落こんでみてはいかがでしょうか。

いよいよ初冬を迎えようかとする神宮並木を散策して
二〇二三年十二月　　のらしろ

オレ、中尉
なんですけど……
海賊討伐!?
「ここは任せて先に行け!」をしたい死にたがりの
望まぬ宇宙下剋上
3
のらしろ
ILLUST. ジョンディー

戦果、期待してますよ？
次の任務は――
戦隊指令になって
死にたがりな異才士官が巻き起こす下剋上スペースオペラ、第三弾！
2024年発売予定！

THE BANISHED FORMER HERO

今世こそのんびりしたい
元英雄の、望まぬ
ヒロイック・サーガ
最新第7巻

[NOVELS]

原作小説
第⑦巻

2024年
春
発売予定!

[イラスト]ちょこ庵　※6巻書影

[TO JUNIOR-BUNKO]

[絵]柚希きひろ

TOジュニア文庫
第②巻

2024年
3/1
発売!

[COMICS]

[漫画]鳥間ル　※8巻書影

コミックス
第⑨巻

2024年
春
発売予定!

シリーズ累計80万部突破!!(紙+電子)

LIVES AS HE PLEASES

TVアニメ放送開始!
2024年4月から
テレ東・BSテレ東ほかにて
U-NEXT・アニメ放題で最速配信!
他サービスでも順次配信
出来損ないと呼ばれた元英雄は、実家から追放されたので好き勝手に生きることにした
STAFF
原作：紅月シン『出来損ないと呼ばれた元英雄は、実家から追放されたので好き勝手に生きることにした』(TOブックス刊)
原作イラスト：ちょこ庵　監督：古賀一臣　シリーズ構成：池田臨太郎
脚本：大草芳樹　キャラクターデザイン：細田沙織　音楽：羽岡 佳
アニメーション制作：スタジオディーン×マーヴィージャック
オープニング主題歌：蒼井翔太「EVOLVE」
CAST
アレン：蒼井翔太
リーズ：栗坂南美
アンリエット：鬼頭明里
ノエル：雨宮 天
© 紅月シン・TOブックス／出来そこ製作委員会
TVアニメ公式サイトはコチラ! dekisoko-anime.com

「ここは任せて先に行け！」をしたい
死にたがりの望まぬ宇宙下剋上2

2024年3月1日　第1刷発行

著　者　のらしろ

発行者　本田武市

発行所　TOブックス
〒150-0002
東京都渋谷区渋谷三丁目1番1号　PMO渋谷Ⅱ　11階
TEL 0120-933-772（営業フリーダイヤル）
FAX 050-3156-0508

印刷・製本　中央精版印刷株式会社

ISBN978-4-86794-095-2